乙女《おとめ》はお姉さま《ボク》に恋してる2
～窓越しの異邦人《エトランゼ》～

嵩夜あや

GA文庫

カバー・口絵　本文イラスト
のり太

目次

妃宮千早《きさきのみやちはや》

本作主人公。男子ながら名門女子校に通うことになり、しかも全校生徒の模範となるエルダーに選ばれた。白銀《ぎん》の姫と呼ばれている。

皆瀬《みなせ》 初音《はつね》

聖應女学院の生徒会長。千早達の住む寮の寮長も務めている。

七々原《ななはら》 薫子《かおるこ》

千早とともにエルダーに選ばれた少女。騎士《ナイト》の君《きみ》と呼ばれている。

乙女はお姉さまに恋してる2
〜窓越しの異邦人〜
人物紹介

栢木《かしわぎ》 優雨《ゆう》
病弱な少女。学院の寮に住んでいる。

哘《さぞう》 雅楽乃《うたの》
華道部部長。生徒達からは「御前」と呼ばれている。千早をお姉さまと慕っている。

冷泉《れいぜい》淡雪《あわゆき》
華道部の副部長。雅楽乃が千早に甘えているのが気にくわない。

――窓の向こうに、雨が降っている。

わたしにとって、窓はせかいのすべて……
いつもこうして、窓からせかいのうつり変わりを眺《なが》めている。
わたしは、窓のむこうには決して映ることはない。
わたしは、このせかいのお客さんなのかもしれない。
せかいって、なんだろう？　このせかいにとって、わたしってなんだろう？

Ⅰ．愁雨《しゅうう》のエトランゼ

「……大丈夫？　優雨《ゆう》ちゃん」

「…………」

外では、憂鬱《ゆううつ》な雨が降り続いていて――優雨は、ただその様子を眺め続けていた。

「熱、なかなか下がらないね」

ベッドに横になっている優雨の額に、初音《はつね》がそっと手をあてる……けれど、優雨は殊更《ことさら》には言葉を返さなかった。

「あしたも、雨……降るかな……」

ただそれだけつぶやいて、優雨は……黙って窓の外を見詰めるだけで。

「優雨ちゃん……」

そんな優雨の姿に、なにも出来ない初音は少しだけ、胸が締め付けられる気持ちを味わうのだった。

「はぁ……」

初音は、肩を落として優雨の部屋を出る。

このところは梅雨《つゆ》の雨続きで、その所為《せい》か微熱が下がらず、優雨はもう何日も登校していなかった。

「……浮かない顔をしているわね。優雨ちゃんの熱がまだ引かないのかしら？」

通り掛かった香織理《かおり》が、そんな初音の陰鬱な表情に気付いて声を掛ける。

「うん……」

初音にしても香織理にしても、人生の半分を病床で過ごすような人間の存在を初めて目の当《まあ》たりにする場面……そこに戸惑いを隠すことなんて出来るわけもない。

「取り敢《あ》えずお茶でも淹《い》れましょう……そんな顔をしていても、優雨ちゃんが良くなるわけではないもの」

「ん、そうだよね……」

香織理にそう諭されて、初音はやっと、少しだけ微笑《ほほえ》みを取り戻す。

――今は七月に入ったばかり。憂鬱な雨が、薄暗い空から滔々《とうとう》と降り注《そそ》いでいる。

「雨、続きますね……梅雨なんてそろそろ終わりだと思っていたのですけれど」

窓の外では糸のような雨粒がサラサラと、軒先《のきさき》に植えられた花々を撫《な》でている。

「雨は嫌《いや》ですけれど、お陰で植え込みの紫陽花《あじさい》が活《い》き活《い》きして見えますよ」

千早《ちはや》の独《ひと》り言《ごと》に、少しだけ柔らかく陽向《ひなた》が言葉を添《そ》える。こんな憂鬱《ゆううつ》な季節でも、陽向ちゃんの言葉は前向きだ――千早はそう考えて、軽く表情を綻《ほころ》ばせる。

「……紫陽花がこの時期に咲くのは、陽射《ひざ》しが苦手だからなのだと云《い》われているものね」

「そうなんですか！　確かに紫陽花はいつも雨の中で咲いてるって感じ、しますしね」

成程、紫陽花のイメージと云ったら、大抵は雨の中に咲いているのを思い浮かべるものなのかも知れないな。千早もそう思った。

「……お茶でも淹れましょうか。雨をただ眺めているよりも、その方が優雅で良いかも知れないわ」

人は感傷的《センチメンタル》な風物ですら、そうして楽しんでしまうことが出来るものなんだな……と、我ながら呆《あき》れつつ、千早が立ち上がる。

「あら、良いタイミングで下りてきたみたいね、私たち」

そこへ香織理と初音が二階から下りて来た……のだけれど。

「初音さん……優雨は、まだ熱が引かないようですね」

千早は慰《なぐさ》めの声を掛けた……初音の表情が目に見えて沈んでいるのが判《わか》ったからだ。

「ええ、そうなんです。でも、私には何もしてあげられなくて」

　初音は困った表情と微笑みを綯《な》い交《ま》ぜにした顔で、千早に笑い掛けるけれど……すぐに肩を落としてしまう。

　とても親身に初音は優雨の様子を看《み》ている……けれど、肝心《かんじん》の優雨がそれに対してあまり反応を返さないらしい。千早もそう聞いていた。

「……優雨ちゃんは、どうして私をお姉さまに選んだのかなあ」

「初音さん……」

　優雨は入寮後の「妹決め」の場で、自分から初音を「姉」にと選んだのだけれど……だから、初音がそう思うのも無理のないことだった。

「ね、千早……初音にもお茶、淹れてあげてくれるかしら。こんな風にいつまで凹《へこ》んでいても仕方がないものね」

　香織理の言葉に千早も肯《うなず》いて、厨房《ちゅうぼう》へ入ろうとして……そこから出てくる人影に気が付いた。

「実はもう、お淹れしてあります」

　史《ふみ》がそう云って、香織理と初音の前に紅茶を給仕する。どうやら千早が立ち上がる前から厨房に入っていたものだったらしい。

「さすが史ちゃん、用意が良いわね……ほら、初音」

「うん……」

　そう云って温かなティーカップを取る初音だったけれど、表情の曇りは拭《ぬぐ》えなかった。

「……ね、千早ちゃん」

初音が、そこで不意に口を開いた。

「なんでしょう、初音さん？」

「その、良かったら、優雨ちゃんのところに遊びに行ってあげてくれませんか？　きっと千早ちゃんが行ったら……元気が出ると思うの」

「私が、ですか？」

一瞬、それで良いのかどうかを千早は考えたけれど、初音の瞳《ひとみ》に縋《すが》るような悲痛さを感じ取って、やはり肯いた。

「……解《わか》りました。初音さんがそう仰有《おっしゃ》るなら」

「うん……お願いします」

初音のほろ苦い微笑みを見て、千早の胸も、少しばかり痛みを覚えたのだった。

「優雨？　お邪魔しても良いかしら」

「ちはや……？　うん、はいって」

そんなわけで——今度は、千早がティーセットを携《たずさ》えて、優雨の部屋を訪れた。

「どう？　気分は」

「うん……」

優雨はそれだけ答えると、やはり窓の外に眼《め》を向けたまま、千早の方を振り返らなかった。

「なにか、用？」

「……優雨と一緒に、お茶でも飲もうと思って」

千早はティーポットから、カップにゆっくりと……心持ち高いところからお茶を注ぐ。

「…………花の、かおり」

そこで初めて、優雨が千早の方を向いた……少し乱暴にカップに飛び込んだお茶から、ふんわりと花の香りが部屋中に拡《ひろ》がっていく。

「気が付いた？　これはね、紫陽花の香りのお茶なの」

現実には紫陽花に香りなんてないのだけれど、千早は香織理に頼んで、薄紅葵《マローブルー》がベースのハーブティーをブレンドした。その匂《にお》いは、如何《いか》にも「雨の中の青い花」というイメージの香りで、水色《すいしょく》も綺麗《きれい》な薄青をしている。

「あじさい色の、お茶……」

「ええ、綺麗でしょう？」

カップの中は、透き通った青い色の液体で満たされている。

「ね、優雨は知っているかしら？　紫陽花というのは咲き続けると花が青から赤に変わっていくのよ……こんな風に」

千早は優雨が持っているカップの中に、まるで魔法のように数滴のレモンを垂らす……すると。

「わあ……お茶、ピンク色になった……どうして？」

みるみるうちに、ハーブティーの水色は可愛《かわい》らしい薄桃色《うすももいろ》に変わっていく——薄紅葵《マローブルー》の花には、その成分が酸に反応して色が変わるという性質があって、これは千早がそれを利用して見せたちょっとした悪戯《いたずら》なのだけれど。

「不思議でしょう。花には魔法の力があるの」

千早はそう云って悠然《ゆうぜん》と微笑む——そんなところは、果たして千早の計算高さなのか、それとも優しさなのだろうか？　優雨はそんな日常の魔術《エヴリデイ・マジック》に眼を丸くして喜んでいる。

「魔法……すごくきれい、飲んでいい？」

「ええ、勿論《もちろん》」

スプーンに少し蜂蜜《はちみつ》をすくい、優雨のカップに混ぜ入れる。

「ゆっくりお飲みなさい……このお茶はお腹《なか》にも良いのよ。ここのところ、食欲もあまり無いものね」

「……うん。美味《おい》しい、甘くて」

優雨は息を吹きかけて、ゆっくり冷ましながらハーブティーを口に運ぶ。そんな様子は何だか幼くて可愛らしい。

「ね、優雨……貴女《あなた》はいつも、窓を見ているの？」

そんな優雨の様子に安心して、千早がそう訊《たず》ねてみると、優雨は小さく肯いた。

「そう……窓から見える景色《けしき》が、好きなのかしら？」

「好き、なのかな……良く、わかんない……」

そう答えて……それでも優雨は窓の外に視線を向けた。自分でも理由を理解していないのだろうか？

「でも、たぶん……これはわたしの、しなくちゃいけないことだから」

「しなくちゃいけない……こと？　窓の外を見ることが？」

そんな言葉に、驚いて千早は思わず聞き返す……顔を窓へと向けたまま、次に優雨の口からこぼれたのは。

「うん……だってわたしは、お客さんだから」

「お客さん……」

それは、なにに対しての「お客」なのだろうか？　優雨の声は、少しだけ沈んでいるようにも、いつもと同じようにも聞こえる。千早には判らなかった。

「ちはや……眠く、なってきちゃった……」

「お腹が温まったのね。いいわ、お休みなさい……目が覚めたら、また元気になるわ」

「ん………」

優雨の手からティーカップをそっと抜き取ると、その手がゆっくりと布団《ふとん》の上へと落ちた。

「お客さん……か」

優雨が眠ったのを確かめると、そっと布団を掛け直して……部屋の電気を消した。

(どういう、意味なんだろうな……)

部屋を辞しながら、千早はその言葉の意味を考えていた……。


「あ、お帰りなさい千早ちゃん」

ティーセットの片付けに食堂に戻ると、初音と香織理がまだ残っていた。

「優雨、眠ってしまいました」

「……そうですか。ありがとうございます」

少しホッとしたのか、初音にも微《かす》かに安堵《あんど》の表情が戻る。

「どういたしまして……初音さんは、本当に優雨のことを心配しているのですね」

きっと根っから世話好きの、優しい人なんだろうな……そう千早は思った。

「香織理さんも、無理なお願いを聞いて下さってありがとうございました」

ハーブティーをブレンドして貰《もら》った礼をすると、香織理は優雅に微笑んだ。

「どう致しまして……それにしても優雨ちゃん、すっかり千早には懐《なつ》いているのね」

「えっ、そ……そうでしょうか?」

「千早ちゃん、まるで優雨ちゃんの気持ちが解るみたいでしたしね」

初音にそう云われて、千早は僅《わず》かに苦笑いを浮かべた。

「……もしかしたら、小さい頃《ころ》の私に重ねているのかも知れませんね。私も周囲から『変わった子供だ』と云われ続けてきましたから」

「千早ちゃん……そうですか。ちょっと、羨《うらや》ましいかな」

自嘲《じちょう》気味《ぎみ》に発した言葉に返ってきた、初音の予想外な感想……今度は千早が驚いた。

「羨ましい、ですか？　私がでしょうか、それとも優雨？」

「千早ちゃんがです……私、大人に云われるがままに生きてきたのかもって、ちょっと思ったものだから」

初音の言葉に、香織理が不思議そうに目を細める。

「普通は、そんなものだと思うけれどね……そもそも子供って云うのは、そうやって育つものではないかしら？」

「そうですね。別に、わざわざ態度に出してひねくれる必要は何処《どこ》にもないと思いますよ」

香織理の言葉に千早も同意する。けれど、当の初音はそれに対しては不満そうだ。

「そう云うものでしょうか……」

「ええ。だってそれはつまり、初音さんの周《まわ》りには『ちゃんとした』大人が存在していた……そういう証明であると思いますから。貴女のお母さまとか、ね」

「あっ……あのね、それは、その……」

千早がちょっとからかうと、初音は顔をすっと朱《あか》くする。彼女が「お母さん子」だと云うのは、事ある毎《ごと》に薫子《かおるこ》や香織理から聞かされている話だった。

「けれどそんな初音さんにしても、大人からの言葉に少なからず疑問を感じたことはあると思うんです……大事なのはそこなのではないかと」

「千早ちゃん……」

「取り敢えずは年の功ですから、云われることには従っても良いと思います……けれどその内容に疑問や違和感を覚えたら、それについて考えることが必要なのだと、私は思っていますけれど」

「……やっぱり、難しいかも知れません」

「初音さん……」

千早の言葉に、初音は理解がついていかない、という顔をする……彼女はともすると、そういう他人との齟齬《そご》も含めて包み込んでしまうような性格なのかも知れない。

「それにしても、やっぱり優雨は難しい子です」

優雨が話す言葉ひとつを取っても、受け取り、導かれる答は聞く人間によって多様に変化してしまうに違いない。千早はそんなことを考えていた。

「難しい……そうですね。千早ちゃんがそう思うんだもの、私なんかには解ってあげられないのかも知れません」

「初音……もう、貴女らしくないわね」

肩を落とす初音に、香織理が溜息《ためいき》をつく。もしかすると、初音は優雨の「姉」として、自信を失《な》くしてしまっているのかも知れない。

「初音さん。私だって、あの子のことが総《すべ》て解っているわけではありませんよ」

それは千早にしても本心だ。いくら感性が近いからと云って、総《すべ》てが解るという話ではない。

「千早ちゃん……だけどなんだか私、優雨ちゃんに嫌われているような気がしちゃって」

初音の寂《さび》しそうな表情に、千早は少し考えてから口を開いた。

「……もし、そうだったとしてもです。気にしてはいけませんよ」

「えっ……」

「解ってあげたいと思う気持ちが強ければ強いほど、きっと、優雨の気持ちは離れて行ってしまう……いいえ、そう感じてしまうのではないでしょうか」

本当は、きっと優雨も人との触れ合いを求めているに違いないのだ。けれど、今までほとんど人と触れてこなかった子であるが故《ゆえ》に、実際にどうすればいいのかは、解っていないのではないだろうか……千早はそう考えていた。

「きっと大事なのは、一緒に居てあげることだと思うのです……優雨の態度が素《そ》っ気《け》ないのは、もしかしたら初音さんがずっと傍《そば》に居ることに慣れ始めたからかも知れませんし」

「傍に居ることに、慣れ始めた……ですか」

「だから、いつも通りにしてあげて下さい……ね？　初音さん」

きっとそんな初音の気持ちが、いつか優雨にも伝わる筈《はず》――と。

「……うん。ありがとう、千早ちゃん」

そう考えて、千早は初音を励ましていた……。


「ふーん、初音がねえ……」

その晩遅く、薫子は千早の部屋でお茶を飲みながら、食堂での出来事を聞いていた。

今年の寮では、上級生の数が下級生を上回ってしまい「姉妹」として一対一の指導役と世話役を定める――という寮の基本的な仕来《しきた》りに不都合が生じてしまっていた。

そこで、薫子は「自分に妹は必要ない」と宣言したのだが、初音や香織理に「貴女が最も妹が必要だ」と云われてしまい……結局、人に仕えることに職業として熟達している史が、千早と薫子、その両方の「妹」を買って出ることによって丸く収まったのだった。

確かに、その場では丸く収まったのだか……千早が男と判《わか》った今、薫子としては夜のお茶の時間を迎える度、千早の部屋を訪れたり、千早を部屋に迎え入れたりしなくてはいけないわけで。そんな展開が、今や薫子にとっては甚《はなは》だ不本意だった。

「それにしても、千早は何でもそつ無くこなすわね……ま、今更驚きはしないけどさ」

それが決して褒《ほ》めているわけではない、というのは薫子の口調で判る。彼女はもうすっかりうんざりしてしまっているのだった。確かに千早が女性なら、それは母親のように素晴らしいものだろうし、女性の鑑《かがみ》と云っても良い行動だろう……だが。

「寮の中にハーレムでも作るつもりなのかしらね、色男さん？」

「……それはあんまりな云いようですよ、薫子さん」

その千早はといえば、そんな薫子の言葉に肩を落としている。未《いま》だ薫子からの信頼は完全には得られていない……まあ、それも仕方のないことなのだろうけれど。

「千早さまも、初音さまに頼まれてしたことですので、あまり責めないでいただければと。しかし、それを置いてもお二人の関係は少々気になる所ではありますね」

真顔で困惑する千早を見て、史が助け船を出す……こうなると、さすがに薫子もそれ以上臍《へそ》を曲げる気にはならなかった。彼女にしても、初音は親友と云うべき存在なのだから。

「優雨ちゃん、すごく良い子なのに……その辺はちょっと理解に苦しむなあ」

「そうですね。ただ、『良い子』というのは人格の評価基準じゃありませんから」

「……ホント、千早はひねくれ者だよね」

薫子は、千早のそんな一言に眉《まゆ》を顰《ひそ》めるけれど、対する千早も小さく肩を竦《すく》める。

「その通りです。ですがそんな僕には優雨は心を開いてくれる——そう考えると、優雨も一筋縄《なわ》では行かない子なのだと思いますよ。勿論、良い子であるという評価は変わりませんが」

「だぁからぁ、そういうところが……！　え、あ……」

千早の言葉に怒りかけてから、薫子ははた、と思い留《とど》まる。

「そう、だよね……良い子だったからって、何でも許せるわけじゃない、か」

「……薫子さん？」

普段だったらそんなことはまず云わないであろう薫子に、今度は千早が眼を丸くする。

「あの、さ……千早。ちょっと、話があるのを思い出した」

そう話す薫子の表情は、不思議と僅《わず》かに疲れを滲《にじ》ませているように見えるのだった……。

Ⅱ．擦《す》れ違いのエトランゼたち

「おはようございます、姫！」

「ご機嫌《きげん》よう、白銀《ぎん》の姫君！」

「……おはようございます、今日も良い天気でよかったですね」

微かな笑みを添えて下級生たちに千早《ちはや》が挨拶《あいさつ》を返すと、今日もきゃあきゃあと、桜並木に黄色い歓呼《かんこ》の声が響き渡る。

（……この、毎朝背中を走る悪寒《おかん》は、もう少し何とかならない、かな）

そう思いはするものの、実際のところ本当に何も感じなくなったら、その時はもう自分はジェンダー的に終わりかも知れない……そんな風に自戒《じかい》する千早だった。

「相変わらず、すごい人気でいらっしゃいますね……お姉さまは」

そんな千早に、他とは少し違った刺々《とげとげ》しい言葉が掛かる。

「……雪《ゆき》ちゃん。おはようございます」

「おはようございます、千早お姉さま」

千早の横に並んだのは、豪奢《ごうしゃ》な黄金色《きんいろ》の髪をツインテールに結った少女の姿。その碧《あお》い眼《め》にはしっかりとした意志が宿っているように感じさせる力がある。

「ですからちゃん付けはやめて下さい……何だか子供扱いされているように聞こえます」

「そうですか？　けれど私も、貴女を呼び捨てにするのは気が引けるものだから……ごめんなさいね、雪ちゃん」

「ううっ……もう良いですよ」

彼女は冷泉淡雪《れいぜいあわゆき》――雅楽乃《うたの》が部長を務める華道部の副部長だ。

淡雪がこんな風に千早に対して一線を引いて応対していることについては、実はちょっとした経緯があった。


「さ、どうぞ千早お姉さま」

「ええ、ではお邪魔するわね……雅楽乃」

それは千早が「いずれ茶道部に遊びに行く」と約束をしていて、いつまで経《た》っても訪ねてこないことに痺《しび》れを切らした雅楽乃が、とうとう逆に千早を教室まで訪ねてきた日のことだ。

「あ、お、お姉さま……って、うたちゃ……じゃないや御前《ごぜん》、もしかして迎えに行ってたの⁉」

淡雪は、予想もしていなかった有名人の訪部に……というか、雅楽乃の行動に驚いていた。

「ふふっ、だって待ちきれなかったものだから」

「どうして……」

淡雪は心底驚いていた……何しろ学内で最も仲が良いであろう淡雪ですら、今までこんな風に積極的に人に甘える雅楽乃の姿を全く見たことがなかったのだ。

「千早お姉さまはこの学院で唯一、私を甘やかして下さるお姉さまですから」

「へ……あ、甘や……かすぅ⁉」

ぽかーんとした顔で、淡雪は雅楽乃を見詰め返していた……信じられない、という表情で。

「……い、いつの間にか、随分と重大な問題に発展していたのね」

千早は千早で、雅楽乃の言動に驚いている。「この学院で唯一」と云うのは流石《さすが》に云《い》い過ぎなのではないか……と。それは横で聞いていた淡雪も同じのようで、口をぱくぱくさせていた。

「ちょっと御前、どうしちゃったの……いつもの威厳は何処《どこ》に置いて来ちゃったの？」

何しろ普段の——怜悧《れいり》で淑《しと》やかな——雅楽乃とは全く印象が違うのだ。淡雪がこんなことを思わず訊《たず》ねてしまうのも仕方がないところだ。

「威厳と云われても……特に私が持とうと思ってそうなっているわけではないでしょう」

「それはまあ、そうなんだけど……でもなんか、すごく違和感があるって云うか、さ……」

そんな淡雪の慌てように千早は、自分が何も考えずに雅楽乃を妹呼ばわりしてしまったのは、もしかして彼女にとってはものすごく重大な問題だったんじゃないだろうか……そんな風に考え始めていた。

「あ……千早お姉さまは、そんな顔をなさらなくても良いのです」

千早の表情が曇っているのに気付いたのか、苦笑混じりに雅楽乃が微笑《ほほえ》む。

「私は、自分の行動の責任を……他人様《ひとさま》に押しつけるような真似《まね》は決して致しません」

しっかりとした言葉で、雅楽乃はそう微笑む……浮かれているように見えて、その実とても彼女はしっかりしているようだ。けれど今度は、それでちゃんと「甘えている」と云えるのだろうか？　逆に千早がそう心配になってしまう程で。

「……そう。貴女《あなた》、面白い子ね」

多分、それが彼女なりの精一杯の甘え方なんだろう……そう考えて千早はそれだけ答える。

「ふふっ……さ、どうぞお上がりになって下さい。今お茶をお淹《い》れしますから」

千早を座敷に案内すると、雅楽乃は嬉々《きき》として奥の流し台へと消える。

「あの……千早、お姉さま？」

「なんでしょう、淡雪さん」

座敷に残った千早は、淡雪からやや不審の込もった視線で見詰められていた。

「一体、お姉さまは御前に何をなさったのですか？」

「……む、難しい質問ですね」

何を、と云われれば……特に何かをしたわけではない。千早も苦笑するしかなかった。

「本当、何をしたんでしょうね？」

実際、本当に何もしてない……肩を竦《すく》めるように千早がそう返すと、淡雪の眉《まゆ》が不服そうに僅《わず》かに吊《つ》り上がった。

「お、お姉さまがご存知でなかったら、私が知ってるわけないじゃないですか……」

淡雪も困っているようだ……そんな様子に、千早にも彼女がいつもの「御前としての雅楽乃」を敬愛しているのだろう、ということは理解が出来た。

「淡雪さんとしては、雅楽乃にどうして欲しいのですか？」

「どう……って云うか。まあ、いつも通りでいて欲しいかなって思いますけど」

千早の問いに、やはり淡雪はそう答えて……そこで少しだけ、千早は眉を顰《ひそ》めた。

「そうですか……けれど雅楽乃に『甘えたい、迷惑は掛けない』と云われたら、私はそれを咎《とが》めたりすることは出来ないわね」

「お姉さま……」

困惑する淡雪に、微笑を添えて千早は続ける。

「……あの子、みんなに尊敬されて『二年生のご意見番』って云われているのでしょう？

けれどそれって、雅楽乃が望んでそうしているってわけではないわよね……きっと」

「えっ……そ、それは、そうかも知れませんけれど」

「そうよね……けれど、みんなが頼っている雅楽乃には……そんな風に威厳のあるあの子は、誰《だれ》かを頼ったり、甘えたりしてはいけないのかしら？」

今まで考えたこともなかった「雅楽乃から見た彼女自身の立場」という問い掛けに、淡雪は返事をすることも出来ずに千早を見詰め返した。

「そう考えたら、たとえ私が雅楽乃よりも頼りなかったとしても……雅楽乃のことを解《わか》ってあげていなかったとしても、あの子に『甘えるな』なんて云えないもの。そうお思いにならないかしら？」

「千早、お姉さま……」

淡雪の、理解と否定を綯《な》い交《ま》ぜにしたような、ちょっとむすっとした可愛《かわい》らしい表情に……千早もそっと、困惑と微笑みを返す。

「私は、雅楽乃に出逢《であ》ったばかりだから、そんなことが云えるのかも知れないわね」

「雪ちゃん、雪ちゃんもお茶菓子食べますか？」

そんな時、奥の流し台から雅楽乃の楽しげな声だけが届く。

「あるの!?　もっちろん食べますとも！　……はっ!!」

瞬発的に明るく反応してから、千早に見られていることで我に返って……直《す》ぐにまた、淡雪は頰《ほお》を脹《ふく》らませた。

「……ご、御前が楽しそうにしてるから、取り敢《あ》えず何も云わないでおきますけど」

つまり淡雪にとって千早というのは、突然現れて親友の心を鷲《わし》づかみにしてしまった……そんな腹立たしい存在なのだった……。

「ふふっ……はい」

「ちょっと、お姉さま……聞いていらっしゃいます？」

「あ、ええっと……何かしら？　雪ちゃん」

そんな昔の遣《や》り取《と》りを思い返していると、横にいる淡雪からついと袖《そで》を引かれ、千早は我に返った。

「もう……今日の放課後、ちゃんと来て下さいね？　そうでないと、またうたちゃ――じゃない、御前がお姉さまの教室に押し掛けかねませんから」

「ふふっ、はいはい……解りました。ちゃんと華道部に顔を出しますから」

これだけ千早のことを嫌っていても、雅楽乃の為《ため》に淡雪は千早の存在を許容してくれる……根っこの部分では、やはり彼女はとても「良い子」なのだろう。

「ありがとうございます、雪ちゃん」

「あー、だからちゃん付けは……ううっ、もう良いですよ」

だから千早も脹れる淡雪に苦笑しつつも、やはり彼女のことは雅楽乃が呼ぶように「雪ちゃん」と呼ぶのが相応《ふさわ》しいと――どうしてもそう思えてしまうのだった。

「ほい、今日はここまで！　お疲れー！」

「お疲れさまでしたっ！」

同じ頃《ころ》、こちらは体育館の横に設けられたフェンシング部の競技場《ピスト》。

「んー、今日はちょっと捌《さば》き方が荒かったわね。何かあった？」

部の朝練に飛び入りで参加していた薫子《かおるこ》は、面頬《マスク》を脱いでいるところで部長である桂花《けいか》に声を掛けられた。

「何か……か。うん、まあそんなところかなあ」

特に隠すでもなく、薫子もそう答える……彼女自身、自分の動きが精彩を欠いていたことは判《わか》っているようだ。

「珍しいわね、神経ワイヤーロープな薫子が心配ごとなんて」

「あー……いくら桂花さんでも云って良いことと悪いことがあると思うのよね」

桂花に対する不満に頬を脹らませると、少しだけ薫子に元気が戻ってくる……そういう意味では、桂花は薫子を操縦する名手なのだろう。

「冗談よ。私はこれでも、薫子がちゃんと乙女《おとめ》なのは知ってるからね」

そう桂花が「にひひ」と笑うのを見て、薫子は反論の言葉を失ってしまった。

「……ま、フェンシングがちゃんと気分転換になるっていうなら良いけど、集中力が乱れるようなら、その悩みごとが解決してからいらっしゃいな」

「桂花さん……うん、そうしておこうかな」

いつも口を開けば相手をからかうことしかしない桂花なのだけれど、不思議と薫子はそんな彼女を信頼してしまえる。流石にフェンシング部の部長をしているだけのことはある、と云うことなのかも知れない。


「んんっ……！　はぁ……」

薫子は体育館を出ると、一度大きく伸びをして……何故《なぜ》かそのまま、吐息が溜息《ためいき》に化けてしまう。

「桂花さんにはお見通しか……参ったなあ」

薫子の目下の悩み――それは、「彼女」のことだった。

「あたしらしくない、か……本当、そうだよね」

順一《じゅんいち》から報告を受けていた、父親の会社から多額の借金をしている「負債者の娘」――君《きみ》原春美《はらはるみ》。それが、いま薫子を悩ませている存在だった。

「今更、こんなことで悩むなんて……か」

薫子は苦笑する。それは昔の彼女にとっては、繰り返されている日常だった……。

「あんたの……っ、あんたの親爺《おやじ》の所為《せい》でぇっ、うちは……っ!!」

激情に呑《の》み込まれた級友の叫び、そして薫子は彼女の平手で強《したた》かに打ち据えられる。

「……気が済んだ?」

「な……に……?」

薫子は見る者が凍り付くような、冷ややかな視線で相手を見詰め――いいや、見下ろしている。

「……お金を貸した側が悪いんじゃない……借りた側が返せないのが悪いのよ。それだけは間違えないで」

「な……っ、ふ、ふざけないで……!」

その言葉に、級友は顔を青ざめさせ――やがて、更なる激情に駆られてもう一度腕を振り上げようとする。それを見た薫子は、有無を云わせずに級友の頬を思い切り叩《たた》き返した……!

幼い頃、薫子はずっと……そうやって「高利貸しの娘」としての陰口を叩かれ続けてきた。

全く、薫子にとってみれば生まれの不幸としか云いようのないこと。それでも彼女は、それが父親の仕事なのだから――そう思って、その正当性を信じて生きてきた。

――けれど、今は。

「あたしが親の都合で殴られるのと同じで、相手も親の都合で家族がバラバラになったんだものね……そりゃ殴りたくもなるでしょうよ」

溜息混じりにそうつぶやく薫子。昔のことを思い出したのだろう、その眼には少し憂鬱《ゆううつ》な翳《かげ》りが覗《のぞ》いている。

薫子は三年間忘れていた。忘れていられたのだ——この学院に来てから、ずっと。


「おはようございます、皆さん」

「あ、おはようございます！　白銀《ぎん》の姫君」

教室に入ると、級友たちが微笑《ほほえ》みで迎えてくれる——そんな様子に、まだ完全には慣れることの出来ない千早だった。

「こよりさん、せめて級友には名前で呼んで欲しいって、私は思うのですけれど」

「あら、そうですか？　けれどせっかくエルダー就任に合わせて名誉ある二つ名を頂戴したことですし、良いじゃありませんか」

自分たちのクラスからエルダーを輩出《はいしゅつ》した——という無邪気な歓《よろこ》びを分かち合う級友たちに、まさか抗議をするわけにも行かない。千早は皆に見えないように、小さく溜息をついた。

「おはよう、千早さん……ね、あれ」

そんな中、茉清《まきよ》が挨拶《あいさつ》もそこそこにそっと視線で合図を送る……その先には、静かに座ったままの薫子の姿があった。

「薫子さん……」

「ここのところ、ずっとこんな調子ね……本当に、どうしてしまったものやら」

「……そうですね」

千早だけは、どうして薫子がこうなっているのかを知っている――というか、あの出来事さえ無ければ、薫子に千早の女装がばれてしまうことも無かったのだけれど。

「薫子さん、また考え込んでいらっしゃるのですか？」

「え、ああ……千早。ごめん、またあたしぼーっとしてた？」

千早に声を掛けられると、薫子は少し恥ずかしそうな顔をして……それから困ったように笑った。

「あはは、ちょっと昨夜《ゆうべ》寝るのが遅かったかも……」

慌てて薫子は戯《おど》けてみせる……多分、茉清《きよら》や聖に心配を掛けないようにという気遣いなのだろうけれど、それが嘘だというのも、友人一同にはとうに見抜かれてしまっているのだった。

（やれやれ……）

一時限目の授業時間を迎えてから、千早はようやく落ち着くことが出来た。

薫子のことも、初音《はつね》と優雨《ゆう》のことも勿論《もちろん》気掛かりではあるのだけれど……千早自身にしても、女装男子の分際で、学院生の象徴たるエルダーになってしまっている身の上なのである。

まずは自分の環境の変化を受け容れることに必死になってしまっていて、周囲を気遣う余裕もあまりないのが正直なところなのだけれど。

（けれど、薫子さんをこのままにもしておけないしな……）

それは、千早が男とばれたあの日——順一と薫子が相談していた女子生徒、君原春美のことだった。


「これ……見てくれないかな」

「なんですか、写真……？」

深夜のティータイム、薫子から相談されたのは、一人の女生徒についてだった。

「あ……この子は、以前に一度……」

「そう。千早が眼《め》が笑ってないって、そう云《い》ってた」

エルダー選の少し前のことだ……薫子に挨拶をして擦《す》れ違っただけの女生徒。それだけなのに千早もその存在を憶《おぼ》えていたのは、やはりその時の雰囲気が異様だったからだった。

「じゃあ、あの子が……薫子さんのお父さんの会社にお金を借りているっていう」

「二年の君原春美さん。多分さ、向こうも気が付いてるんだよね……あたしが金貸しの娘だってことを」

「……そう、なりますね。何か他の要因でもない限りは」

千早は、顔写真まで用意されていることに驚いていた。その手回しの良さというのは、つまりそれがいつも行われていると云うことの裏返しだ。

「もしかして……以前にも、同じようなことがあったんですか？」

「ん、そうだね……というか、日常茶飯事だったかな。前の学校では、あたし有名だったから……『金貸しの娘』ってさ」

それはまったく、薫子にとってみれば自分に起因しない出来事の筈《はず》で……それなのに、彼女は少し項垂《うなだ》れると、まるでそれが自分の所為《せい》だというような自嘲《じちょう》的な表情を見せる。

「あたしは他人が必死になって作った……そんなお金を吸い取って育ったんだから」

そんな薫子の表情に、千早は掛ける言葉も失ってしまう。

その考えを間違いだと千早は思う。しかしそうだとしても、薫子はそう云われて今まで生きてきた……そう考えると千早が今、安易な慰めをしたところで、それにはあまり意味がない。

「……もう二年間も何もなかったものだから、あたしにとってここは安全な場所だって、勝手に思ってたんだけどな」

千早は、ここに来て初めて、薫子のそんな弱気な姿を見た――それを辛《つら》いと思う反面、つまりそれは、薫子の優しさなのだと思うと、そんな薫子であって良いのではないか……千早にはそんな風にも思えるのだった。

「彼女の出方を待ちましょう。今のところは、何を考えて薫子さんに声を掛けてきたのかは判ってないわけですし」

「ん……そうだよね」

そう云いながら、やはり不安なのだろう——紅茶のカップを持つ手が、微《かす》かに震えていた。

「……………ね、千早」

「なんですか?」

少し困ったような表情になると、薫子は千早を見上げた。

「こんなことをいま云うのは卑怯《ひきょう》だって思うんだけど……その、千早と史《ふみ》ちゃんが居てくれて良かったよ」

「薫子お姉さま……」

傍《そば》で一緒に話を聞いていた史も、千早と一緒に眼を丸くする。

「誰にも云えなかったら、ちょっと……あたし潰《つぶ》れちゃってたかも知れないし」

ずっと無理をして強がって生きてきた……その薫子の心を、きっとこの学院での二年間はゆっくりと融《と》かしてしまったのだろう。

「あはは……なんであたし、こんなに弱くなっちゃったんだろ」

薫子はそう自嘲する。けれど、そんな弱さはあっても良い筈……千早はそう思っていた。

「……大丈夫です。順一さんにも脅されましたから、もしも何かあったとしても、その時には僕がなんとかしますから」

「千早……その、ありがとね」

安請け合いをするつもりは無かったけれど、そんな薫子の弱さは護《まも》ってあげたい……千早はその時、そう決めていたのだった。

(とはいえ、あれからもう一週間近く……か)

あれ以来、春美の行動は一貫していた。帰路で薫子を待ち、挨拶をしてからただ見送るだけ——薫子としては、想《おも》いの丈を言葉でぶつけて来たり、いっそ殴り掛かってくれたりしてくれる方が、生殺しな気持ちを味わわなくて済むと思っていることだろう。

(それでも、薫子さんに実際に害がない以上……それを止めるのも、正解とは思えない)

春美が意図して、それを嫌がらせでやっていると云うなら、無論千早だって黙ってはいないのだが……どうしても、春美の行動がそういった動機からとは思えなくて。それが、薫子にしても千早にしても、悩みを深める原因になっている。

「はあ……『偽物』の私としては、こういった話は少々荷が重いでしょうか」

せめて本当に自分が女性なら、もう少し気持ちも理解出来るのではないか……そう自嘲するように、千早は小声でつぶやいてみるのだった。

とにかく、悩みごとを抱えていても時間は過ぎていく。

昼休み。千早は元気のない薫子を連れて、食堂に行くことにしたのだが……。

「まあ、エルダーのお姉さま方！　今日は食堂でいらっしゃいますか？」

「え、ええ……」

「あ、あのっ、どうぞお先にお並びになって下さいませ……っ！」

「いいえ、きちんと順番は守らなくてはね……どうぞそのままでいらして」

二人がエルダーに就任してからは、周囲はもうすっかりこんな調子なので、昼休みにしても心からくつろぐというのは、少々難しい状態になっているのだった。

「あ、薫子ちゃん、千早ちゃん」

そんな中、背中から聞き慣れた声に呼び止められる。

「ああ、初音……あなたもお昼？」

「ええ。ご一緒しても良いですか？」

「勿論ですよ」

千早たちは快く初音を迎えた……のだけれど。


「はあ……」

初音も相変わらず、元気が出ないようだった。

「まだ、優雨ちゃんのことで悩んでるの？　初音は」

「あ、うん。まあそれもあるんですけれど……ちょっと、生徒会の方で」

「何か、問題でもあったのですか？」

「その……私、エルダーを辞退したじゃないですか。それで生徒会のみんなが意気消沈しちゃって」

初音は、ミックスサンドに付いているクレソンの葉を指で玩《もてあそ》ぶと、小さく溜息をついた。

「……そっか、生徒会の人たちはみんな、初音にエルダーになって欲しかったんだね」

「私、みんなには初めから、エルダーになる気はないんだよって……話していたつもりだったんだけど」

初音は生徒会に於《お》いて……いや、全校に渡って厚い人望を誇っている。そんな初音にエルダーになって欲しいと願うのは、直属で下についている役員たちからすれば、それは当然と云えることだろう。

「仕方がないのかも知れません。それだけ初音さんが、生徒会の皆さんから好かれていると云う証拠のようなものだと思いますから」

「そう、なんでしょうか……」

そんな千早の言葉にも初音の表情は霽《は》れない。少し考えて、千早は言葉を続ける。

「……しばらくは、少し皆さんに仕事を多めにこなしていただくと云うのはどうでしょうか。忙しさで気が紛れるのではないか、と思うのですが」

「ええっ……でも、みんなにこれ以上仕事なんて」

初音は、千早の過激な提案に驚いて口をパクパクさせている……確かに実利のある提案かも知れないが、これは初音の反応が普通だろう。

「まあ、今でも十分に皆さんお忙しいと云うなら、これは私の差し出口ですから……どうかお気になさらないで下さい」

「あ、ううん……ありがとう。千早ちゃんも私のことを考えて云ってくれたんだよね」

驚かされた所為か、そこでようやく、初音にも少し微笑《ほほえ》みが戻ってくる。

「はー……初音は、何だか大変だよね」

千早と初音の会話を、パスタを頬《ほお》ばりながら聞いていた薫子が、ぽつりとそんな感想を漏らす。

「ご、ごめん……」

「何よ、謝らなくても良いじゃない?」

「でも、私はエルダーを薫子ちゃんに無理にお願いしたわけだし……それなのに、こんな不平を云って。自分勝手だよね」

「ああ……そうだね、確かに」

「…………」

全く朗《ほが》らかに、薫子がそう返事をするものだから、初音はまたすっかり悄気《しょげ》返ってしまう。

「あたしがエルダーを引き受けたって云うなら、初音は少しは楽になっている筈……そうでしょう？」

「え、あ……うん」

からかう様に、薫子が初音の顔を覗き込む。

「けどそういう風には見えないなあ。折角エルダーをあたしが引き受けたんだから、初音にはもっと楽をして貰《もら》わないと困る」

「薫子、ちゃん……」

初音は、薫子から真っ正面に見据えられて、目を白黒させる。

「わかった？」

「うん……わかった。ありがとう薫子ちゃん」

初音はそれだけ答えると、ちょっと照れたように微笑《わら》った。

「……本当、初音も大変よね。まあ好きでそうしてるんだろうけどさ」

食堂で初音と別れ、千早たちは教室へと戻る。

「薫子さんには珍しく、ちょっと恩着せがましい感じの云い回しでしたね……さっきの言葉」

「え……ああ、まあね」

薫子は、ちょっぴり困った表情で頬を掻《か》く。

「でもあの子、自分のことは放置する癖があるっていうか……だから、あたしが恩着せがましく云ったら、少しは考えるかと思ってさ」

「薫子さん……なるほど、そうかも知れませんね」

確かに初音には、他人《ひと》の事ばかりを考えて自縄《じじょう》自縛《じばく》に陥る傾向が強いようだ。その意味では薫子の云うことも理解出来る。

「……薫子さんでも、そんなことを考えることがあるんですね」

「…………千早」

千早は口に出してから、「しまった」と思ったが、時既に遅かった。

「あっ……その」

「どうせあたしは、脳みそつるっつるの考え無し女ですよーだっ！　千早のばーかっ！」

薫子は小さく舌を出すと、千早を置いて大股《おおまた》に歩いて行ってしまう。

「…………は、はは」

そんな薫子の考え方はとても良い……と云う意味の言葉だったようだけれど、これは悪口として解釈されるのは当然だ。

（やっぱり、僕は何処《どこ》かで……人を見下しているところがあるのかも）

「はぁ……駄目だな、僕は」

小声でそうつぶやく。こんな奴《やつ》がエルダーに相応《ふさわ》しいとか、そんなことがある訳がない――

千早は、心の中でそう自戒する。

「それにしても……薫子さん、人のことは心配出来るのに、ね」

薫子にしても、今は春美のことで頭が一杯なのだろうに、それでも心から初音を元気づけようとして明るく振る舞っていた。

（全く、自分のことはからっきしなんだから……）

そんな薫子の為《ため》に何か出来れば良いのだけれど、と……そう思う千早だった。

「あ……千早お姉さま！」

放課後、清掃の担当箇所から教室に帰る途中に、千早は背後から声を掛けられた。

「あら、雪ちゃん……ご機嫌よう」

「あ、はい。ご機嫌よう……じゃなくて！　今朝のお約束、守って頂きますからね」

「え……あの……」

自分は淡雪と何か約束をしていただろうか……？　そう千早は首を傾《かし》げた。

「お忘れになったんですか？　今日は華道部に顔をお出し頂けるというお約束です」

そこまで云われて、千早は今朝淡雪に釘《くぎ》を刺されていたことを思い出した。

「あ、そ、そうでしたね……大丈夫です。忘れずに修身室にお伺《うかが》いしますから」

「本当ですか？　今、思いっきり『忘れてました』……って顔、していましたよね？」

「いいえ。少し違うことを考えていたものですから……大丈夫です、ちゃんと覚えています」

流石《さすが》の千早も、これだけ問題が山積みになっていると物忘れの一つも発生するものであるらしい。慌てて笑顔を作ってみせた。


「それにしても、千早お姉さまがエルダーなんて……驚きです」

淡雪は修身室への道すがら、他の生徒が聞いたら卒倒しかねないことを話し始める。

「ああいや、別に相応しくないとか、そういう話じゃなくて……まあ、お姉さまがあまり好きになれないのは、正直な気持ちではあるんですが」

あまりにも正直なそんな言葉に、千早は思わず笑みがこぼれてしまう。

「エルダーの定義からは外れるでしょうけれど、後付けですから……別に、雪ちゃんが私を尊敬の眼で見る必要は、何処にもないと思いますよ」

千早にしても、自分が「一番素敵な女性」だなどと云われるのは、正直御免被《ごめんこうむ》りたいところなのだ。だからこんな風に素直な淡雪の言葉が、千早には寧《むし》ろ好ましく聞こえているのだろう。

「ははっ、それもそうですね……それで、どうですか？　エルダーになったご感想は」

それを知ってか知らずか、淡雪はちょっと意地悪な表情になると、そんな質問をして来る。

如何《いか》な千早でも、そんな云われようには少し胸が痛む。

「雪ちゃんは、『夏への扉』と云う小説を読んだことがあるかしら？　あ……空想科学小説なんて、普通の女の子が読むようなものではないのかしらね」

「な、何ですか突然。ありますよ……学院の図書室で名作として紹介されていたことがあったから。ハインライン、でしたよね？」

そう云われて、逆に千早が驚いた……どうやらこの学院の図書委員は、随分と渋いセンスをしているようだ。

「ふふっ、流石に読書家の雪ちゃんね……いま私は、丁度あの話の主人公の気分なのです」

「えっ……」

突然そんなことを云われて、驚いた淡雪は千早の顔を見返す。

「主人公は何でも出来る人だったわね。ものすごい発明家で、それなのに探求心や冒険心に溢《あふ》れていて、度胸もあって……そして、無類の猫好きで」

指を折るように、楽しそうにそう話す千早。気付くと、淡雪はそんな千早の表情に釘付けになっている。

「自信過剰に聞こえるかも知れませんが……私も、エルダーに選んで頂けたのですから、少しくらいは良いでしょう」

「でも、あの主人公は確か……最初親友に会社を乗っ取られて」

「そう。発明品も特許も、総《すべ》て奪われて……手元に残ったのは愛する猫だけ」

自分が生きている世界に失望するあまり、主人公は冷凍睡眠《コールドスリープ》の会社に全財産を預けて、未来に行こうとする……そういう話なのだった。

「……でも、お姉さまは失望も何もしていらっしゃらないと思うんですけども」

「そう見える？　そうなら、それはとても嬉《うれ》しいことね……私はもう冒険の結果として、沢山の知己《ちき》を得ることが出来たのかしら」

そこまで話して、淡雪は何かに気付いたように、少しハッとした表情を見せた。

「あ……そっか、お姉さまってここに入ってまだ三カ月……でしたっけ」

「私は、たった独りで未来にやって来た……彼と同じ」

千早からすれば、男の身で女学院に放《ほう》り込まれることになるなんて、冷凍睡眠《コールドスリープ》も真《ま》っ青《さお》である。こちらの方が、より異世界《ファンタジー》体験に近いかも知れない。

「孤立無援……とは行かないまでも、私の味方はほんのひと握り」

「…………」

少し千早の云い方がきつかったのか、淡雪は押し黙ってしまう。

「その、ごめんなさい……私、ちょっと云い過ぎました」

勢いの良かった淡雪だったけれど、今度は悄気《しょげ》てしまう……多少お転婆《てんば》な部分はあるけれど、彼女も十分素直で良い子なのだろう。

「……良いのです。私の今の云い方も、少々大人気《おとなげ》がありませんでした」

「お姉さま……」

「私もこんな調子ですから、そんな自分がエルダーなどと云う栄誉を頂いたことは……素直に有り難いって、そう思っています」

　別に、自分が今こんな事態に陥っているのは、淡雪の所為《せい》というわけでも、女生徒たちの所為というわけでもない。

　そう、誰《だれ》が敵と云う世界ではないのだと、千早は戒《いまし》めを新たにしたのだった……。


「失礼致します」

「まあお姉さま、ようこそお出《い》で下さいました」

　修身室に入ると、中は雅楽乃を初めとした華道部の女生徒たちで一杯だった。

「お姉さま！」

「エルダーのお姉さまですわ！」

　その人数に圧倒されつつ、千早も何とか笑顔を返す。

「先程廊下で雪ちゃんに捕まってしまったの。それで、仕方なく投降しに参りました」

「わ、私が悪いみたいな云い方をしないで下さい……お姉さま」

　そんな千早と淡雪の様子を見て、雅楽乃は楽しそうに微笑む。

「ふふっ、それは雪ちゃんのお手柄ね。そうでもしなければ、お姉さまはいらっしゃって下さいませんもの」

「雅楽乃は私が来ると、付きっきりになってしまいそうですから。たまにくらいで丁度良いと思うわね」

「お、お姉さま……お意地が悪いです」

千早のからかいに、雅楽乃がぱあっと頬を薄桃色に染める……そんな普段なら見られない雅楽乃の変わりように、修身室は不思議と楽しそうな雰囲気で一杯になるのだった。

「そんな……私たち、御前とお姉さまを見ているだけで……」

「そうですわ。御前《ごぜん》がそんな風に楽しそうにしていらっしゃるだけで、私たちも胸が一杯になってしまいますもの……」

（いやいや、そこはちゃんと部活をやった方が良いと思うけどね……）

それを聞いた千早は、心の中で苦笑いをするしかなかった……。


「そういえば、千早お姉さまもおやりになるのでしたね、お花」

「ええ……まあ、私のは真似事《まねごと》のようなものですけれど」

千早はそう答える……上流階級の嗜《たしな》みとして、子どもの頃《ころ》からお仕着せで学ばされているものの一つ、それが華道だった。

「宜《よろ》しければ、腕前をお見せ頂いても？」

雅楽乃の眼《め》が期待に満ちている……なんとなく云《い》われるんじゃないかと、千早も予想はしていた。

「構いませんよ……もっとも、雅楽乃には遠く及ばないでしょうけれど」

「では、是非《ぜひ》ご一緒に……お願い致します、お姉さま」

「え、ええ……」

雅楽乃の熱心さに押し切られて肯《うなず》きながら、随分華道も久し振りだな……と千早は思う。

（……ああ、そうか。僕は、前の学校に行かなくなってから、何もしていなかったんだ）

ほんの少し以前の、自分の虚無を振り返ると……今がまるで嘘《うそ》のように思えてくる。いや、あの頃が嘘の世界だったのだろうか？

そんな考えを頭から振り払うと、千早は花器の前に端坐《たんざ》して向き合った……。


「さて、どうしようかしら……」

流石にお嬢さま学校の華道部と云うべきなのか、結構な種類の夏の草花が用意されていた。

少し考えると、千早は真っ直《ます》ぐに伸びた夏櫨《なつはぜ》の枝を取って根元に斜めに鋏《はさみ》を入れ……そしてその枝を両手で弱く握ると、少しずつ力を入れて枝をゆっくりと曲げていく。「撓《た》め」と云われる華道の基本的な技法の一つだ。

慌てずに時間を掛けて、真っ直ぐな枝を弓のようなしなった形に変えていく。これでこの枝をデザインの中心に据える形に変えることが出来た。

「……雅楽乃は人が活《い》けているのを見ていて、楽しいのかしら？」

雅楽乃はそんな千早や淡雪の様子を見ながら、楽しそうに目を細めている。

「ええ。その方がどんなことを考えながら活けているのかが良く解《わか》りますから、見ているととても興味深いですね」

「そう……」

雅楽乃はそう云って笑うけれど、なかなかそんな風に考えられる人間などいるものではない……つまり、彼女にはそれだけの技倆《ぎりょう》があるということなのだろう。

千早は花に向き直ると、涼しそうな色合いの青い鉄線《てっせん》の花を取り合わせる。

「……こんな感じで、どうでしょうね」

手前に配置した鉄線の花が上手《うま》くまとまらず、その後ろに白の霞草《かすみそう》を足してバランスを調整した。

「千早お姉さま……まあ、素敵ではありませんか」

「えっ、千早お姉さま、もう出来たんですか⁉」

雅楽乃の賞讃《しょうさん》の言葉に、隣で一緒に活けていた淡雪が眼を丸くする。

「『貴方《あなた》はあまり凝ったことをしないわね』と、私が師事している先生には良く云われるの」

千早は以前、「貴方はもう少し迷った方が良いかもね」と自分の師に云われたことを思い出して苦笑する。

「いいえ、私は千早お姉さまの作風、とても好きです……本当に迷いがありませんね」

珍しいものを見たように、雅楽乃は千早の花を見詰める。

「如何にも初夏の薫《かお》りを感じさせる、この涼しげな取り合わせ……それが最小限のバランスで組み合わさっていて、とても清々《すがすが》しい」

雅楽乃は、千早の花を見てそう評した。

「ふふっ、お世辞でもそんな風に褒《ほ》められると、なんだか恥ずかしくなってしまうわね」

「本当にそう思うから、正直に申し上げているのです……お世辞ではありません。今からでも華道部においで頂きたいくらいです」

「確かに、すごくシンプルなのに……ちゃんと整ってますね」

淡雪も感心したようで、素直な感想を口にする。

「……ありがとう」

家で母親に頼まれて花を飾ると、「もっと派手なのが良い」と云われたものだけど……そう千早は韜晦《とうかい》する。それは単に、母の妙子《たえこ》が派手好きなだけかも知れない。

「な、なんだかプレッシャーです……」

千早の作品を見てそれが刺激になったのか、若干淡雪の表情が硬くなった。

「あら雪ちゃん、雪ちゃんは雪ちゃんらしく、いつも通りにすればいいのです」

「う、うん……」

雅楽乃の助言に肯いて花器に眼を戻す淡雪を、千早は雅楽乃と一緒に見守ることにした……。

「ど……どう、かな」

淡雪が選んだのは、千早と同じ夏櫨の枝。それと紫君子蘭《むらさきくんしらん》、孔雀草《くじゃくそう》の取り合わせだ。

「良いと思いますよ」

千早が端的に答える——紫君子蘭は彼岸花《ひがんばな》のように茎が太く、恐らくはそれに合わせたのだろう、夏櫨の枝が、千早の作品よりも更に多めに使われている。

その足元を、薄紫の花をつけた孔雀草が飾っているけれど、紫君子蘭に対して、こちらは花がやや可愛《かわい》らしい印象を受ける。

「全体のバランスは良く出来ています……欲を云えば、孔雀草が紫君子蘭に負けてしまっているから、もう少し気を配ってあげても良かったかも知れませんね」

千早がぼんやりと気になっていたことを、雅楽乃は明確に指摘する。流石は部長と云うべき眼の鋭さだ。

「でも、そうすると全体的にうるさくなり過ぎちゃうかと思って……」

「それは、夏櫨を使い過ぎているからでしょう」

「え……あ、そうか」

淡雪の疑問に対しても、雅楽乃は明瞭《めいりょう》に解答する。

「全体のバランスは、取り合わせた総ての花を使って考えられるようになると良いわね」

「わ、わかりました。ありがとうございます」

雅楽乃の講評に対して、淡雪は丁寧な言葉で感謝の言葉を返した。それは多分、雅楽乃の審美眼に対する尊敬の現れなのだろう。

「ふふっ、雪ちゃんは本当に真面目《まじめ》ね」

そんな淡雪に、雅楽乃は相好《そうごう》を崩して笑い掛ける。

「出来ることなら、追いつきたいんです……御前に」

「そういうものかしら」

淡雪の向けた真剣な言葉に、けれど返す雅楽乃の答えは、雲をつかむようなものだった。

「これだもん……御前のそういうマイペースなところ、喰《く》らい付き甲斐《がい》がないと云うか、何と云うか」

淡雪ががっくりと肩を落とす。つまり彼女にとって、雅楽乃は友人であり、ライバルであり、また師匠であるのだろう。

「さ、皆さんの作品も、出来上がった方から拝見させていただきますから……宜しければ、お姉さまにもご意見を頂いて宜しいですか？」

「わ、私ですか？　雅楽乃ほどしっかりとは指導出来ないと思いますけれど……」

「良いのです。本来指導というものは、複数の意見を取り入れて初めて良い効果を生むものだと思うのです……ね？　お姉さま」

困惑する千早に、雅楽乃が笑い掛ける……つまりこれは「雅楽乃流の甘え方」なのかも知れない。

「……わかりました。私に解る範囲でなら、ね」

「はい。ありがとうございます」

そんな風に頭を下げる雅楽乃は、何故《なぜ》か不思議と悪戯《いたずら》っ子《こ》のような微笑《ほほえ》みを湛《たた》えていた……。


「はぁー……」

その同じ頃。薫子は何故か茉清《まきよ》と一緒に図書室にやって来ていた。

「すごい数の溜息《ためいき》ね、薫子さんは」

「うっ……ご、ごめんね茉清さん」

今朝の朝練で「集中出来ないなら来ない方が良い」と桂花に云われ、それは確かにその通りだ……と思った薫子だったけれど、さりとて何処《どこ》に行く当てもなく。たまたま教室を出ようとしていた茉清にくっついて図書室《ここ》にやって来たのだった。

「まあ別に、普段の賑《にぎ》やかさに較《くら》べたら、薫子さんの場合は溜息の十や二十くらいは鬱陶《うっとう》しいうちには入らないけれど」

「ちょっ……ひどいよ茉清さん」

それは彼女なりの気の遣い方で……それが判《わか》っているから、薫子も少し元気になれる。

「いつも元気な割で、薫子さんは一度落ち込むと結構長いわよね」

「う……そ、そうかな？」

茉清の何もかもを見通すような眼に、薫子は少しどぎまぎする。

「で……そういう時の薫子さんって云うのは、大抵受け身の時なのよね」

「受け身……あたしが？」

「うん。まあ多分、状況的に受け身になる時だと思うんだけど……自分が前に出て行けるような状況の時に、黙ってるような薫子さんじゃないからね」

茉清はそう云って可笑《おか》しそうに笑う。

「そんな、考えなしの突撃人間みたいに云われるのは、ちょっと心外……かなあ」

「そう？　聖さんの騒ぎの時のことは、もう忘れましたとでも云うつもりかしらね」

「うぐ……あ、あれは千早が……」

「千早さんからは、薫子さんを制止する為《ため》に協力したって……そう云われたけれどね」

（なっ……千早、なに勝手なこと……！）

そう思い掛けた薫子だったけれど、考えてみれば云い出したのは自分だったことを思い出した。

「う、うぅ……」

薫子としてはぐうの音も出ない。そんな様子を、茉清は愉快そうに眺めている。

「どうやら思い当たる節があるみたいね」

「えーと、まあ……あるような、ないような」

そう云ったら「ある」と認めているようなものなのだけれど、まあそういう往生際の悪さは薫子らしい。

「ん、素直で結構。でね、私思ったんだけど……薫子さん、貴女《あなた》悩むのを止《や》めなさい」

「へ……っ⁉」

次の一言があまりにも予想外で、薫子は思わず声を裏返らせた。というか、云われていることを理解するのに数秒を要した。

「いや、えーっと……その、云われたことは理解出来るんだけどさ、それって実行するの、無理じゃない？」

悩みが解決しないから、こうやって困っているのに……と、薫子は思ったのだが。

「うん、まあ……上手く云えないんだけれど。無駄なのよ、多分。こういう時に貴女が悩むのって」

「無駄！　今、無駄って云った！　ひどいよ！　そりゃあたしは頭弱いかもしんないけど……！」

「ああ、違う違う。そういう意味じゃないのよ……云われるんじゃないかとは思ったけど」

茉清は両腕の肘《ひじ》から上を挙げて降参の意志を示すと、改めて苦笑する。

「結局、薫子さんは当たって砕けてから物事を理解する人なんだって、そう思ったのよ」

「……やっぱり突撃人間って云われてるように聞こえるよ」

「ふふっ、そうかもね」

薫子の堂々巡りの反応に、そう云って茉清も肩を竦《すく》める。

「一年の時もそうだったでしょう……薫子さんはクラスに融《と》け込めない、何がいけないのかってずっと考えていたけれど、結局京《きょう》花《か》さんとの騒ぎひとつですっかり丸く収まって」

「え、ま……まあ」

薫子がまだ学院に転入したての頃、クラスに馴染《なじ》めずに困っていた時期があった。それは実のところ、クラス全体が茉清のファンクラブ状態だったところに薫子ひとりが茉清と仲良くなってしまい、クラス全体から嫉妬《しっと》されていた……という顛末《てんまつ》だったのだけれど。

「あれ、元はといえば茉清さんが悪いんじゃん……」

「私としては不可抗力だけれどね……まあ良いわ。結局あの時も、随分と悩んでいたけれど答には辿《たど》り着けなかったじゃない？」

「……まあ、結果的には」

その時は、原因が茉清だと知ったのは、薫子が自力でクラスメイトの信頼を勝ち取った後だった。

「周防院《すおういん》さまがエルダー候補になった時も、自分がエルダー候補になった時もそうでしょう？　随分と色々悩んでいたけれど、結局結果が出てから、貴女は答を知ることになるのよ」

「そ、そうかな……自分じゃよく解らないんだけど」

矢継ぎ早の茉清の言葉に、薫子は困惑の表情を見せる。

「勿論《もちろん》、悩むことが無駄だとは思わないわ。人間は考えれば考えるだけ賢くなる生き物だしね……けれどまあ、どうせ悩むなら効果的な方が良いと思うかな」

「効果的……」

そこまで云って、茉清は珍しくにこやかに微笑んだ。

「薫子さんの場合、受け身でいる時は考えるだけきっと無駄なのよ……どうせなら、自分の思ったようにやってみて、失敗してから悩むのが良いと思うわ」

「ええっ……な、なんだかそれってひどいんじゃない？」

つまり薫子は、暗に「失敗してから考えろ」と、そう茉清に云われていることになる。

「そうね。普通なら酷《ひど》いかもしれないけれど……薫子さんにはそれくらいできっと丁度良いんじゃないかな」

茉清の微笑には全く曇りがない。だから薫子にはそれが本気なのか冗談なのかがさっぱり判らなかった。

「少なくとも、一日に十回も二十回も溜息を吐いているよりは、余程健全だと思うけれど」

「それを云われると……はは、反論しづらいなあ」

やっぱり、ちゃんと心配されているらしい……薫子はそれが判ると、少しだけ気持ちが楽になった。

「あ、いました……茉清さん」

「ああ、聖さん。早かったね」

そうこうしていると、待ち合わせをしていたのか、図書室に入って来た聖が二人の傍《そば》へと歩いてきた。

「はい、思ったよりも早く委員会が終わったので」

待ち合わせるくらい、この二人は仲が良くなってるのか……と、薫子は変なところで感心していた。

「そう。じゃ行こうか……薫子さん、私たちはこれから街で買い物をしようかと思っているんだけど、一緒にどう？」

「え、ああ……いや、馬に蹴《け》られるのは嫌だからなあ。遠慮しておこうかな～」

思わず悪戯《いたずら》心が込み上げてきて、少しにやにやしながら薫子は答える……茉清に遣《や》り込められた意趣返しの側面も、多少はあるのかも知れない。

「ちょ、ちょっと……私たちは別に……」

「そ、そうですよ……何でそうなっちゃうんですか、薫子さんってば……」

薫子の言葉に、二人があっという間に顔を真っ赤《まか》にする……そんな様子に、逆に薫子の方が苦笑してしまう。

「はいはい。解りましたって……今日はまだ用事があるから、二人ともあたしのことは気にしないで行って？」

薫子の言葉に、茉清と聖は顔を見合わせると、二人揃《そろ》って肯《うなず》いた。

「じゃあ私たちは行くけど……あまり考え込みすぎないようにね、薫子さん」

「うん……ありがと。また明日ね、二人とも」

「はい。ご機嫌ようです、薫子さん」

少しだけ聖が後ろ髪を引かれるように振り向いたけれど、そこで薫子が笑って手を振ったので、二人はそのまま図書室を出て行った。

「……お熱いことで。あれはもう新婚さんだね」

憎まれ口をこぼしつつ、けれどそんな二人の姿に不思議と温かい気持ちを貰《もら》ったような、そんな薫子だった。

「さて、独りでここにいても仕方がない、か……あっ」

考えてみれば、用が無くて茉清に付いてきたのだ……薫子の「まだ用がある」などという云い訳は、そもそも通用するわけがない。

「……参ったなあ」

つまり茉清も聖も、薫子の嘘《うそ》を解《わか》った上で遠慮してくれたのだ……そう思うと、薫子の胸の奥が、少しだけきゅんっとうずいた。

「ありがとね、二人とも」

そっとつぶやいてから、薫子も席から立ち上がった。


「うーん、でも、何か食べたいとか、そういう気分じゃないかな」

図書室を出て、特に行く場所が思いつくわけでもなく……薫子は足の向くままに食堂へとやって来た。

ここではいつも、さまざまな女生徒たちがお喋《しゃべ》りに花を咲かせている。

資産家の子女が多いのだから、わざわざ学食で……と思う向きもあるが、聖應《せいおう》は基本的に帰途での外食が校則で禁止されていて、何よりここの軽食のレベルは市井《しせい》の喫茶店よりも上と云って良い。そういった理由で、一般の学校に較べれば利用率は間違いなく高い。


「……………あ」

そんな集団の中にひとり、薫子の知っている少女の姿があった。

（春美さん……）

薫子が知らない、見たこともないような笑顔……楽しそうに友人たちと話している彼女を見ていると、それがまるで別人のような気持ちにさえなってくる。

不思議と、そんな彼女の明るい様子が薫子の胸を掻《か》き毟《むし》る……何故だかそれがとても理不尽のような、そんな気分に襲われて、薫子は軽く頭を振った。

(そうだよ……別に、それが普通ってものじゃない)

腹の立つ相手の前に立つから、腹が立つ。好きな相手の前に立つから、楽しくなるんだ……そこに何かおかしなことがあるわけじゃない。そう思い直す。

「そうだよ……」

自分が勝手に悩んでいたからといって、相手にも同じ境遇を求めるのは間違っている……そう心の中で思ってはいても、不思議とそのことに納得の行っていない自分がいて。

薫子は——そこで初めて、自分の中に制御出来ない感情があることを知ったのだった。

気付いたら身体《からだ》が動いていたとか、そういう激情とも違う——そんなことは考えたくないという、自身の抑止を振り切って燃え上がる、そんな負の感情を初めて持て余していた。

「あら、薫子さん!」

「……!」

そんな時、薫子は後ろから声を掛けられて、驚いて振り返った。

「ど……どうしたんですの？　薫子さん」

「あ……ご、ごめん。久し振りだね、京花さん」

振り返った薫子の表情が穏やかならざるものだったのだろう、声を掛けた女生徒は驚いて声を掛けた姿勢のままで固まっていた。

「ええ。そういえばエルダーに就任されてからお逢《あ》いするのは初めてかも知れませんね」

彼女は大谷《おおたに》京花《きょうか》。薫子が一年生の時の級友で、クラスで薫子が孤立していた時に、最も薫子を敵対視していた生徒だった。その後の経緯で、今は薫子にとってはかなり近しい友人となっている。

「それにしても珍しいですね。普段なら放課後の学食なんて、薫子さんが一番近付かないようなところですのに」

対する京花はと云《い》えば、噂話《うわさばなし》でクラスの中心に立つような女の子である。ある意味ここで遭遇するというのは彼女にとっての必然と云えた。

「ああ、うん。ちょっと通り掛かっただけだからね」

「ふふっ、何なら折角ですから、少し私と一緒にお喋りでもして行きませんか？」

からかうように、京花が薫子を覗《のぞ》き込む。そんな様子は、女の子である薫子から見ても可愛らしいと思える——そういえば彼女が一年の時「京花姫《けんらん》」と呼ばれていたことを薫子は思い出した。もっともそれは少し我《わ》が儘《まま》な彼女の性格と、絢爛さを兼ね備えたことへの揶揄《やゆ》でもあったのだけれど。

「あはは、そうだね……今日はこれから予定もないし、有り難く申し出を受けても良いところなんだけど。ちょっとあそこに顔を合わせたくない子がいてね」

「まあ、薫子さんがそんなことを仰有《おっしゃ》るなんて珍しい……って、もしかしてあの子のことですの?」

そう云って京花が指を差したのが、誰《だれ》あろう君原春美その人だったので、薫子は驚いた。

「あれ、どうして……京花さん、あの子と知り合い?」

云い訳をしようとしただけの薫子だったけれど、急に自分の秘密に話が近付いて来たので、慌てて京花に遠回しな質問を投げかける。

「春美のことですわよね? ええ、あの子は私の部活での後輩ですから」

「ああ、そうなんだ……でも、どうしてあの子だって思ったの?」

「いえ、だってあの子は『騎士《ナイト》の君』の信奉者ですもの。てっきり、見つかったら追い回されるから避けているのかと……違うのですか?」

「は、ははっ……うん、まあそんなところ、かな」

京花の言葉に驚きながら、薫子は一生懸命をその場を取り繕おうとする……春美が薫子の信奉者《ファン》だと聞いて、動揺が隠せなかった。

「あの子は今、家の都合で聖應から転校しなくてはいけなくなる可能性があるんですって……それでああして、級友の皆さんとの親交を温めるのが日課になっているの」

「……そう」

（何なのあたしは……たった一言で、さっきと全然違うことを考えているじゃない、もう）

そう云われてしまうと、薫子は春美の笑顔に、うっすらと悲しみの翳《かげ》りが含まれているように見えてきて――そう感じる自分の心の都合良さに、恥ずかしさと憤りを覚えていた。

「ね……京花さんは、校則は絶対に守る人？」

「えっ……何故《なぜ》ですの？」

「ここでは遠慮したいけれど……良かったら、何処《どこ》か外の喫茶店でお茶でもしない？」

そんな薫子の言葉に、京花は目を輝かせる。

「まあ！　薫子さんからそんなお誘いをされたら、一も二も無く校則を破ってしまいますわ、私」

京花は楽しそうに笑う――そもそも、初音の生徒会ですら、大きな催し物の後には行き付けのラーメン屋でお疲れ会をやるくらいなので、実際にはこの校則はほぼ空文化しているものなのだけれど。

「そっか……じゃ、行こうか」

「はい、参りましょう！」

京花はちょっと頰《ほお》を染めると、薫子の横について一緒に歩き始めた。

「それにしても薫子さんがエルダーかぁ……嬉《うれ》しいような、ちょっと寂しいような」

「……寂しいっていうのは、何処から来るのかしらね」

「だってほら、今は同じクラスじゃないでしょう？　一緒になって祝って差し上げられないのは少し寂しいですわね」

薫子の問いに、京花は恥ずかしそうに笑った。

「まあ、きっと私は一年生の時に運を使い切ってしまったのね。茉清さまに、薫子さんに……とても素敵なクラスでしたもの」

結局、京花とは最初の一年だけで……二年でも三年でも薫子は違うクラスになった。

「あ……けれど、薫子さんにはあまり良い想《おも》い出《で》は無いかも知れませんわね？」

そこまでまくし立てて、京花は一年生の頃《ころ》の騒ぎを思い出したのか、可愛《かわい》らしく苦笑いをしてみせる。

「え、ああ……そんなことないよ。あたしも入学《はい》ったばかりで、解らないことだらけだったんだし。今は逆に、感謝してるくらいよ？」

それは本心だった。ここでの最初の一年は、薫子にとって様々なことを学んだ年だったから。

「ふふっ……そんなことを云われてしまいますと、何だか急に恥ずかしくなってしまいますね」

照れ臭そうに微笑《ほほえ》むと、京花は突然、薫子の腕を取ってしがみついた。

「きょ、京花さん……？」

旧友の突然のリアクションに薫子が目を白黒させていると、相手の微笑みは徐々に優しいものへと変わって来た。

「薫子さんは、今なにか迷っていらっしゃるのね……どうしたら良いのか判《わか》らなくなっているとか、そんな感じですわね」

「え……」

「それくらい判りますわ。そうでなければ、薫子さんがこんな時間に、わけもなくこんな場所を歩いている筈《はず》がありませんものね」

「……あはは、お見通しか」

そんなに簡単に見抜かれるなんて、我ながらなんて単純な行動パターンなんだろう……そう思う一方で、そんな風に自分を理解してくれる友だちがいることが嬉しくもあった。

「ふふっ。でしたら、ここはこの京花にお任せになって。伊達《だて》に普段から噂話ばかりをしているわけではありませんのよ？　この私のお喋りで、薫子さんの憂鬱《ゆううつ》になんて付け入る隙《すき》も与えませんから！」

「京花さん……ははっ、ありがとう」

――お互いに少しだけ、互いに寄り掛かって歩きながら。

不思議と、薫子の心も安らいでいくような、そんな気持ちになるのだった……。

「ありがとうございました……！」

——空が夕暮れに染まり始める頃、華道部の活動も終わりを迎えていた。

「お姉さま、ご指導ありがとうございました！」

「いいえ。どうぞこれからもお励みなさい」

「はいっ！　ありがとうございましたっ！」

片付けを終えて、三々五々生徒たちが帰途に就く……千早たちはそれを見送っていた。

「さ、では私たちも戸締まりをして……あら？」

その時、部屋の奥から何かの振動するくぐもった音が響く。

「……私の電話でしょうか」

部屋の奥に置かれた自分の鞄《かばん》に歩み寄ると、雅楽乃は中から震える電話機を取り出した。

「はい、啊《さそう》でございます……お母さま。なんでしょう？　…………はい……はい、承知致しました。急いで帰ります」

「……何かご用事かしら？」

千早が訊《たず》ねると、電話を畳んでから雅楽乃が小さく肯いた。

「ええ、急にお母さまが家に帰って来るようにと……」

「ん、じゃあここは私が戸締まりしておくから、御前《ごぜん》は先に帰ってよ」

「でも、それでは悪いわ……」

真面目《まじめ》な雅楽乃らしく、自分の仕事を放棄するのは気が引けるのだろう。けれど、このままでは家に帰るのが遅くなって、やはり親に怒られるのだろう。困惑の表情を浮かべていた。

「それなら、私も雪ちゃんを手伝いますから。雅楽乃は家にお帰りなさい……急ぎの用件なのでしょう?」

「いえ、そんな……それこそ、千早お姉さまに後片付けを押し付けるなんて」

「……そういう甘え方もあるということよ。さ、雅楽乃」

「ち、千早お姉さま……」

千早がそう云って鞄を手渡すと、雅楽乃はほんのりと顔を赤らめた。

「はい。では、お、お言葉に甘えまして………お先に、失礼致します」

深く頭を下げると、雅楽乃はそのまま早足で修身室を後にする。

「あの御前が、顔を真っ赤にして……なんだか、違う人でも見てるみたい」

「雪ちゃん……」

遠離《とおざか》る雅楽乃の背中を見ながら、淡雪は不思議そうな表情でそうつぶやいた。

「本当、意外としか云いようがないんですよね」

ずっと尊敬の対象で……しかも、誰かに甘える様子なんて欠片《かけら》もなかった雅楽乃のこれだけの変わりようだ。淡雪から見れば、それはもうそうとしか云いようがないのだろう。

「もしかしたら……本当は、雅楽乃は雪ちゃんに甘えたかったのかも知れないわね」

「えっ、私ですか……⁉　う〜ん、そんなことは無いと思うけどなあ」

千早に突然そんなことを云われて、淡雪は苦笑する。

「いつも雪ちゃん、雅楽乃のことを『うたちゃん』って、云い掛けるでしょう？」

「あ……き、聞こえてたんですか」

そう、淡雪は時折「うたちゃん」と云おうとして「御前」と云い直すことがあった。

「あれはもしかして、雅楽乃にお願いされたのではないかと……そう思ったのですけれど」

「……ご炯眼《けいがん》、恐れ入りますね」

つまり、淡雪は雅楽乃に愛称で呼んで欲しいと、そうお願いされているということだ。

「だって、雅楽乃をこんなに尊敬している雪ちゃんが、自分から愛称で呼ぼうなんて思わないでしょう？」

「まあ……御前にはそう呼んで欲しいって云われてはいるんですけど。なので一応、二人きりの時だけ」

淡雪としては雅楽乃に、皆の前では毅然《きぜん》とした「御前」で居て欲しい。きっとそんな想いが強いのだろう。

「今度からは、私と一緒の時にも……『うたちゃん』って、呼んであげてはどうかしら」

きっと淡雪も、雅楽乃にとっては大切な逃げ場のひとつなんだ……千早はそう理解していた。

「……そう、ですね。考えておきます」

「ええ、ありがとうございます。雪ちゃん」

「そうだ……あの、ひとつお願いしたいことがあるんですけれど」

「お願い？　雪ちゃんが私に……何かしら？」

二人は修身室に戸締まりをして……特に別々になる理由もなかったので、桜並木まで一緒に歩いてきた。そこで不意に、淡雪が口を開く。

「と、時々で良いんです……私と一緒に、花を活《い》けて下さいませんか」

「………私が？」

「はい、お願いします！」

淡雪の眼《め》には、真剣な想いが宿っていた。しかし、千早には淡雪にそんな顔をされる理由が解《わか》らなかった。

「……千早お姉さまのお花は、とても評価されていらっしゃいました」

少し絞り出すような、淡雪の声に……千早は微《かす》かな不安を覚える。

「雪ちゃん……でもそれは、雅楽乃の贔屓目《ひいきめ》かも知れません」

「いいえ！　こと活け花に関して云うなら、うたちゃんが感情で評価を曲げることは無いと思います。それに私も……千早お姉さまのお花、とてもすっきりとしていて、綺麗《きれい》に見えました」

真剣な口調で淡雪がそう断言する。この子がそう云うのならそれは間違いではないのだろう。

「……雪ちゃんがそこまで云うなら、無下には断れないかしらね」

千早としては、そこまで真剣に云われてしまうと断る理由がない。

「……あ、その、ごめんなさい。いきなりこんなお願いをしてしまって」

ふと我に返ったのか、雪ちゃんは急に頭を下げた。つまり、それだけ熱意があるという意味なのだろうけれど。

「ふふっ、そんなにしおらしくしなくても……喰《く》って掛かってくるくらいが、雪ちゃんは丁度良いわ」

「し、失礼ですね千早お姉さま……私、別に喰って掛かったりなんて……」

「そう？　『御前に何をしたんですか』って、この間はとても怒っていたように見えたけれど」

「うっ……だ、だって……」

「ふふっ……さ、もう帰りましょう。雪ちゃんにしても、私となんて一緒にいたくは無いでしょうしね？」

からかうように千早が微笑《わら》うと、みるみるうちに淡雪の表情が険しくなってくる。

「……千早お姉さま、もしかして性格悪いって云われませんか」

「あら雪ちゃん……ふふっ、思っていても本人に云っては駄目ですよ」

千早が楽しそうに会話を投げ出したのが悔しいのか、淡雪は軽く頬を脹らませる……何とも解りやすい子だ。

「もう。何でうたちゃんはこんな先輩《ひと》が良いのかしら」

ちょっとからかったのがいけなかったのか、淡雪はすこぶる不満そうだった。

「何故なのかしらね」

淡雪の相手をしていると、千早はついからかいたくなるようだ……彼女は表情にメリハリがあるし、何とも解りやすい性格をしているからだろう。

「……きっと、今は雅楽乃も直感でそう思っているだけなのだろうと思うわ」

「直感って……そんないい加減なもので、『甘える相手』なんて決めますか普通……」

それは千早にも解らないことだった。けれど、あの時の直感は今も正しく働いている。

「さあ、そこは雅楽乃にしか解らないことね。けれど実際、あの子が私と逢《あ》った回数はそれほど多くはないし……他に理由を探すのは、今のところ難しいわね」

「ま、うたちゃんも普段からミステリアスだから、解らないと云えばそれは確かにそうなんですけど」

淡雪は千早の推測を認めはするものの、それでも相変わらず不服そうだった。

(ミステリアス、か……雅楽乃は普段から、自分の感情を周囲に見せないようにしているんだろうな。そのあたりは、確かに僕と良く似ているのかも)

「千早お姉さまは確か寮でしたよね？　では、私はここで……」

「あ……ちょっと待って、雪ちゃん」

淡雪がひとり校門へ出ようとしたところで千早に止められる。千早の視線の先を追うと、二人の女生徒が立っているのが見えた。

「どうか……したんですか？　お姉さま」

千早の徒《ただ》ならぬ様子に、思わず淡雪が声を潜めると……そのまま手をつかまれて脇道《わきみち》へと連れて行かれた。

「ごめんなさい、雪ちゃん……少し待って貰《もら》っても良いかしら？」

「え、ええ。別に急いではいませんが……」

千早の視線の先――そこには、薫子と春美の姿があった。

「ご機嫌よう、お姉さま……」

「――ご機嫌よう」

もう、それが何度目だったか……薫子には判らなくなっていた。

ただこうして、挨拶《あいさつ》をする……たったそれだけのことが、酷《ひど》く苦痛で。まるでその行為には何処にも出口がないかのような、そんな気持ちを味わわされる。

「っ…………」

茉清にも、ぶつかってから考えろと云われたし、京花にも元気を貰った。

だから、なんとか話し掛けようとして――けれど何を話せばいいのか解らなくて、薫子の喉《のど》は詰まる。

ずっと、悩んでいる筈なのに……この瞬間の為《ため》に色々なことを考えて、埋《うず》めて。そんなことを繰り返してきたというのに。今この時に、何の役にも立たないなんて。

ものの十数秒程度の時間……それが薫子には一分にも二分にも感じられて。そして、気付くと春美は薫子の横を通り過ぎ、ただ校門へと黙って歩いて行く。

薫子の眼には、その光景が焼き付いている……まるで見下げているような、けれど泣き出しそうな、背中を向ける刹那《せつな》に見せる、そんな春美の表情――いつも、いつも同じで。

「…………………」

今日も、薫子は彼女の背中を、ただ眼で追うことしか出来なかった――。


「……ど、どうしちゃったんですか。あの二人」

千早の横で二人のことを眺めていた淡雪は、奇妙な挨拶を交わす様子に困惑を隠せなかった。

「どう、云《あ》ったらいいのかしら……ね」

取り敢えず、隠れた方が良いだろうと考えた千早だったけれど、これをどう淡雪に説明すればいいのかは解らなかった。

「それにしても……薫子お姉さまは人に嫌われたりとかにはあまり縁のない人だと思っていた

んですけれど。ちょっと意外ですね」

「……そうね」

千早は、淡雪の感想を敢えて否定しなかった。ここで迂闊《うかつ》に変なことを云っても逆に質問攻めになりかねない……そう思ったからだった。

「ごめんなさいね……あんな場面にのこのこ出て行ったら、私たち二人とも気まずいのではないかと思って」

「いえ。確かにそうだと思いますし……ただちょっと、覗《のぞ》き見みたいになっちゃったのは頂けませんでしたけど」

淡雪はそう云って顔を朱《あか》くする。やはりそういうところ、彼女は真面目なのだろう。

(——しかしそうか、雪ちゃんからは、あれが嫌われているように見えるんだな)

歩き出しながら、千早はそんなことを考えていた……千早としては、春美の感情がどんなものなのかをつかみかねていたからだった。


「薫子さん、千早です……宜《よろ》しいですか?」

夜、千早は薫子の部屋を訪れていた。勿論《もちろん》、春美のことが気になったからだ。

「——今日も、春美さんはいらっしゃったようですね」

「うん……」

普段であれば、千早に憎まれ口のひとつも叩《たた》いているだろう薫子なのだけれど、流石《さすが》に今はそういう気分にもなれないようだ。

「ねえ、千早……あたしには解らないよ」

「薫子さん……」

何にでも直情で、真《ま》っ直《す》ぐにぶつかる薫子のことだ……少なくとも、今の状況が彼女にとって耐え難いものであろうことは、千早にも良く解っていた。

「今日、友だちに聞いたんだけどさ……春美さんって、あたしのファンなんだって」

そんな憮然《ぶぜん》とした薫子の言葉を聞いて、千早は捉《とら》え倦《あぐ》ねていた春美の表情の意味をつかんだような気がした。

「あの子、一体あたしにどうして欲しいんだろう……？」

「そう、ですね……」

それは勿論千早にも解らないことではあったけれど、それではいつまでもこの状態を脱け出すことは出来ないかも知れない。

「薫子さんはお怒りになるかも知れませんが……」

そう前置きして、千早は考える。

「まずひとつは、学院を去る前に——憧《あこが》れの人である薫子さんとちゃんと話をしたいけれど、上手《うま》く話せないでいる可能性」

自分で話しながら、それがイメージに合わないことも確認しながら、千早は話を続ける。

「もうひとつは、薫子さんの家のことを知って、愛憎半ばの感情を抱えている……と云《い》う可能性です」

今までに見てきた印象からは、正直後者の印象が強い……けれど、それが絶対とも云い切れない。そう思うのは千早の願望かも知れなかった。

「少なくとも、ただ憎いだけだというなら……あんな風に、何も云えずに何度も薫子さんの前に現れるという行動は取らないんじゃないかと思いますね」

そこまで云って、千早は口をつぐむ……指針を与えることは出来ても、考えるのは薫子にしか出来ないことだから。

「うん……千早の云う通りだと思う。少なくとも、あたしに怒りたいだけなら、きっとあんな顔はしないよね」

「……そう思います」

「あたしは、何かを云ってあげた方が良いのかな……でもさ」

薫子は、腰掛けていたベッドに、そのままバタリと倒れ込んだ。

「あたし、何を云ってあげれば良いのか……全然判らないんだよね」

「薫子さん……でも、そういうものなんじゃないですか」

そもそも、その「荷物」を抱えているのは春美であって、薫子ではない。「荷物」の中身を知っているのは春美だけなのだから、薫子がその「荷物」について話題に出来る筈《はず》もない。

「どうでしょうね……薫子さんがその状況に耐えられるなら、少し待ってみるのも選択肢のひとつかも知れません」

「千早は……茉清さんとは逆のことを云うんだ」

「そうですか？　茉清さんは何て云っていましたか」

「貴女は待つだけ無駄……みたいな感じの話をされたかな。あたしは、体当たりでぶつかって、その時に学ぶんだって」

「……なるほど」

その云いように、千早は茉清の薫子に対する優しさを感じていた。つまりそれが、薫子に対する茉清なりの背中の押し方なのだろう。

普段なら、きっとそれで良いのだろう。けれど今は、薫子が皆に知られたくない大きな秘密が懸かっている……そう考えると、千早としてはそこまで大胆なアドヴァイスは出来ない。

「ですが、薫子さんも出来れば春美さんの出方を待ちたいって……そう思っているんじゃありませんか」

「え……うん、まあね。だけど正直、逢う度にすごく辛《つら》いんだよ。息苦しいって云うかさ」

「………」

正確に気持ちを理解することは出来なくても、その場に一緒にいたことは何度かある千早だ。

その息苦しさはそれなりに想像出来た。

「でもさ千早。きっと、あたしよりもあの子の方が、きっと辛い……よね」

「薫子さん……」

そんな辛さを、薫子が耐えるつもりなのを知ると、千早にはそれが不思議だった。以前聞いたことのある薫子の過去と、今の薫子の態度はイメージが大分異なるからだ。

「……以前に聞いた、昔の薫子さんとは随分違いますね」

「え……ああ、昔は親爺《おやじ》の仕事は正しいことだって、そう思ってたからね」

「今は、そう思っていないのですか？」

「うん……あたし実は、それで家を出たようなものなんだよね」

「薫子さん……」

「小さい頃《ころ》から、ずっとあたしは意地を張って押し通してきた。『親爺の仕事は決して悪くないんだ』って、そう信じてね。だからどんなに責められても、突っ張り返して生きて来た。殴られたら、殴り返すつもりでさ……そうやって来たんだ」

薫子はベッドから起き上がると、苦笑いを浮かべて千早に話し始めた。

「それが揺らいだのは、順一さんの生い立《おた》ちを聞いた時だった……あの人は、親爺の会社から借金をして返せずに、無理心中をした一家の生き残りだったんだよ」

「…………!!」

逢ったことがある人間の衝撃的な過去を聞かされて、千早も思わず戦慄《せんりつ》する。

「親爺は順一さんを養育する代償として、あたしのボディーガードをするようにって命じたんだ。あの人はそんな過去をおくびにも出さずに、まるで実の兄貴みたいにあたしのことを護《まも》って来てくれた……まあ、それがあたしに親爺の仕事を疑わせる原因になったのは、運命の皮肉ってヤツなのかも知れないけれどさ」

つまり薫子は、父親と顔を合わせるのが嫌で、この寮に入って来た……ということになる。

「だから今のあたしは、春美さんには何も云えないんだ」

「薫子さん……」

薫子は、千早を真剣な表情で見詰めると、やがて口を開いた。

「あたし――あの子と、ちゃんと向き合うつもりだよ」

それが薫子の決意表明――そう受け取った千早は、無言で、ただ肯《うなず》いた。

Ⅲ．惑いの森のエトランゼ

「んーっ！　なんか、やることを決めちゃったら、少し気が楽になったかな」

「薫子《かおるこ》さんは、一度こうと決めると度胸が据《す》わるんですね……どうぞ」

話を一段落させた千早《ちはや》と薫子は、階下でお茶を飲むことにした。

「ありがと。んー、そうかなあ……結局ぐだぐだ悩んだ後なわけだしさ、あたしも進歩しないというか」

千早に淹《い》れて貰った紅茶を受け取りながら、薫子は微妙そうな表情になる。

「ふふっ……こんな状況で即断即決過ぎるのも、それはそれで怖い気がしますけれど」

ぱっと決めて良いことと、少しは悩んで決めるべきこと……どちらもある筈だ。千早は答えながら、心の中でそう苦笑する。

「ま、あたしは香織理《かおり》さんみたいに老成してるわけじゃないから」

「あら、誰《だれ》が老成してるんですって？」

「ぎゃっ……!?」

薫子が悲鳴を上げる。慌てて振り返ったそこには香織理の姿があった。

「二人だけでティータイム？　隅に置けないわね、薫子？」

「ちっ、違うって香織理さん！　そ、そんなんじゃないってば」

「ふふっ、良いじゃない。そんなに力一杯否定するようなことでも無いと思うのだけれど……ね、千早、私にも一杯淹れて頂けるかしら？　二階の廊下を歩いていたら、良い香りがしてきたから、これは絶対千早か史《ふみ》ちゃんが淹れた紅茶だって、そう思ったのよね」

「……味ならともかく、香りでそこまで区別が付くとは思いませんね、香織理さん」

そう云いながら、千早はいま自分用に淹れた分を香織理の為に給仕する。

「あら、悪いわね……これ貴方《あなた》の分なのでしょう？」

「構いませんよ。どちらにせよ、新しく淹れている間に冷めてしまいますからね」

特に不平をこぼすでもなく、千早は新しく自分の分を淹れる為に厨房《ちゅうぼう》へと戻っていく。

「ふふっ、ごめんなさい。千早って、本当にまめよね……」

苦笑いしながら、香織理は紅茶のカップを手に取ると、その香りを楽しんだ。

「あら、これ……」

「ダージリンの夏摘《セカンドフラッシュ》みですよ。史が用意してくれていたので」

「流石《さすが》史ちゃんね……主人と揃《そろ》ってまめなことで。ご相伴に与《あずか》れるのは嬉《うれ》しいけれど、舌が肥えるのも困ってしまうわね」

「そうだよね……うちのお姉さまが淹れてくれる紅茶も美味《おい》しかったけど、千早と史ちゃんが淹れる紅茶も、また違った意味ですごいんだよね」

何の苦労もなく、その季節の最上の紅茶を楽しめるようになってしまえば、確かに舌が肥えてしまうに違いない……それについては、薫子すら実感してしまうほどだ。

「ま、私は単に紅茶を淹れるのを楽しんでいるだけですから……素材の高級さに関する苦情は史の方へお願いしますね」

……まめに紅茶店に通って、その季節に合った茶葉を用意する史と、趣味で紅茶の淹れ方を熱心に研究する千早。最早《もはや》この組み合わせには何を云っても無駄な話だと云えた。

「いや、まあ……色々飲めて勉強にはなるんだけどね、すごく」

まだ数ヶ月しか経《た》っていないのに、薫子ですら紅茶の種類に結構詳しくなってしまった……このまま卒業までを過ごしたら一体どうなってしまうのか、楽しみのような怖いような、そんな気分の薫子だった。

「夏摘《セカンドフラッシュ》みか……そう云えば千早」

「なんでしょう？」

自分の分を淹れて、席に戻ってきた千早に香織理が話し掛ける。

「そろそろ水泳の季節だけれど……千早は一体どうするのかしら？」

「え……ああ」

そこまで笑顔だった千早だけれど、急激に冴《さ》えない状態へとその表情が翳《かげ》っていく。

「色々と、考えてはいるのですが……今ひとつ決め手に欠けるような気がして」

体育の着替えを無難にこなした直後、身体計測でピンチになった千早だ。当然プール授業も視野には入れているのだが……誤魔化すなり、乗り切るなりの方策は今以《いまも》って立っていないというのが現状なのだった。

「あ、あたしは千早と一緒に着替えるなんて、真《ま》っ平《ぴら》ご免だからねっ⁉」

薫子が顔を真《ま》っ赤《か》にしてそう訴えるけれど、そんなことはわざわざ云われるまでもない……というか、そんな事態になった時点で千早にとってはもう負けである。何しろ、水着は体操着のようなわけには行かない。性別の違いを隠蔽《いんぺい》出来る要素なんて無いのだから。

「出来れば、一度もプールに出席せずに済むようにするのが理想なのです。ただ……」

「そうね、不可能ではないと思うのだけれど……ただ、色々と問題があるのは事実よね」

千早と香織理は、顔を見合わせる……そんな様子に薫子は首をひねる。

「何か、問題になるようなことがあるの？　風邪を引きました！　とかっていうんじゃ駄目なの？」

「あのね、薫子……貴女《あなた》一ヶ月間ずっと風邪《かぜ》を引いているつもりなのかしら？」

「え、ああ……そうだよね、ごめん」

単純な問題を考慮に入れていなかった薫子は、自分の短絡さに苦笑いする。

「勿論、それで一回くらいは休むことが出来るのですけれどね……」

問題は、プール授業期間が一ヶ月間は続く、というところにあるのだ。

「週に二回、七月の中程から始まりますから、おおよそ五回程度なのですが……今のところ、あまり良いアイディアは浮かびませんね」

それにしても、ようやく女装生活にも多少慣れが見えて来たと、そう思った矢先のエルダー就任だ。千早としても、こうなるとどうして良いのか判らなくなってくる。

「そう……けれど、そろそろ何か手を打っておかなくてはいけないわね」

「……そうですね」

香織理の言葉に同意しつつも、千早は溜息《ためいき》をついた。

それでなくても、色々と誤魔化さなければいけないことが多いというのに、学院で最も注目を浴びる立場に押し上げられてしまった所為《せい》で、今まで以上に周囲からの眼《め》を考慮に入れなければならなくなってしまった……実際プールにしても、エルダーのような立場にならなければ、もう少しやりようがあった筈なのだ。

こんな注目された状態の中、取っ替え引っ替え異なる病名で休むようなことになれば、それだけでどう考えても怪しまれる。しかし誤魔化す方法がない以上は一度たりとも出席するわけには行かない……その辺りが問題点と云えた。

「何か、この制約をひとつで良いのです。逆転する方策が立てば、あるいは……とは」

　しかし、そんな発想は如何《いか》な千早と云ってもそう簡単には湧《わ》いては来ない。まだまだ彼の前途も多難……ということになるようだ。

「あの、３－Ａの皆瀬初音《みなせはつね》と申しますが、七々原《ななはら》薫子さんに取り次ぎをお願い頂けますでしょうか」

　――千早がプール問題で頭を抱えているそんな時、ここにも一人、悩みを抱えた少女が。

「初音……何かあたしに用事？」

　軽く手を挙げた薫子に気付くと、初音がちょこんと頭を下げて教室に入ってきた。

「うん、ちょっとお話ししたいことがあるんだけど」

　そう云いながら、少し初音がそわそわしていることに、薫子は気が付いた。

「……もしかして、ここじゃない方が良い？」

「ここでも構わないですけど、その、あまり感じの良い話じゃないかも……」

　初音の口からそんな言葉が出るのは珍しい……つまり、余程切羽詰まった話なのだろう。

「ん。じゃ、何処《どこ》か他に行こうか」

「……ありがと、ごめんね」

　云いながら、初音は少しだけ苦笑いを浮かべていた……。

「さて、とは云え……あたしは今食堂から戻ってきたところなんだよね」

初音にしても、教室で話し辛いと云う話題を食堂でしたいとは思わないだろう。

「あ、そうなんだ。じゃあ何処行こっか」

「そうね、うーん……中庭《テラス》とか。いや、それも暑いよね……」

「初音会長、それにお姉さまも……ご機嫌よう」

二人が廊下で困っていると、向こうから歩いてくる女生徒から声が掛かる。

「ああ、雅楽乃《うたの》ちゃん……ご機嫌よう」

「ご機嫌よう、雅楽乃さん」

それは雅楽乃だった。二人からそれぞれ挨拶《あいさつ》を受けると、彼女ももう一度小さく会釈する。

「お二人がこのようなところで立ち話とは、珍しいですね」

「ちょっとね。食堂以外で落ち着いて話が出来るところがないかって思ったんだけど、思い浮かばなくてね」

「なるほど。今の季節、外は暑くなり始めているところですし……そうですね」

雅楽乃は何か思案している様子だったけれど、やがて口を開いた。

「お節介でなければ、修身室ではいかがでしょう……私、これから華道部の用事で使うのですが、あそこなら他の生徒たちが来ることもありませんし」

「え、でも……あそこは関係者以外は入ってはいけないと聞いていますよ?」

「入室に関して記帳をお願いしているだけですから、特に制限を設けてはおりません……強《し》いて問題に上がるとすれば、修身室で盗難事件が起こった際に容疑者の一人に挙がってしまうと云うことでしょうか」

「あはは、容疑者か……それはちょっと困るなあ。どうする？　初音」

「ああ、うん……じゃあお願いしちゃおうかなあ。他に良い場所も無さそうだし」

そんな初音の言葉に、雅楽乃は肯くと前に立って歩き始める。

「承知致しました。ではご一緒に」

歩き出してから、薫子はそこで初めて、雅楽乃と初音に面識があるらしいということに気が付いた。

「そういえば、初音と雅楽乃さんは知り合いなの？」

「雅楽乃ちゃんは華道部の部長さんですから……予算折衝とか、色々お世話になっているんですよ」

「いえ、それは……初音会長のご采配《さいはい》あってのことですから。世話になって居《お》りますのは私どもの方です」

二人のそんな謙遜《けんそん》の応酬《おうしゅう》に、薫子は楽しそうに笑った。

「ふーん……さっすが、敏腕生徒会長は違うわね」

「もう、からかわないで薫子ちゃん……みんなが手伝ってくれてるお陰なんだから」

「はいはい、耳タコ耳タコ」

「ふふっ……お二人は仲が良くていらっしゃるのですね」

薫子と初音の遣《や》り取《と》りに、雅楽乃も笑みを浮かべていた。


「どうぞお上がり下さい、お姉さま方」

「はい、お邪魔しますね」

雅楽乃に案内されて修身室に上がると、和室独特の藺草《いぐさ》の匂《にお》いが鼻をくすぐった。

「おー、和室だ」

「お姉さま、ひょっとして修身室は初めてでいらっしゃいますか?」

「え……ええ、選択で修身は取らなかったからね」

ちょっと恥ずかしそうに、薫子が答える。

「なるほど。ではお二人とも、こちらにご記帳をお願い致します……その間にお茶をお淹れしますね」

「あ、いいよそんな、私たちがお邪魔してるのに……」

初音が慌てて止めようとするけれど、雅楽乃はそのまま奥の流し台に入って行ってしまう。

「構いません。どちらにせよ私はここで華道部の準備をしなくてはいけませんでしたから、お二人にはお付き合い頂いたようなものです」

薫子たちがノートに名前を書いている向こうで、雅楽乃がお茶を準備する音が聞こえてくる。

「3－C、七々原薫子……っと。雅楽乃さんは部員の信頼も厚いんだし、声を掛ければ誰かが代わりに準備してくれるんじゃないの？」

「そうかも知れません……ですが私は、こういった準備は独りで行う方が落ち着くのです」

「そうなんだ……あれ、でもそれだと、私たちはお邪魔なんじゃありませんか？」

初音の質問に、お盆に載せたお茶を運びながら戻ってきた雅楽乃は、困ったような笑い顔を見せる。

「……我《わ》が儘《まま》な話かとは思いますが、作業は独りが良いのですが……静寂は耳に痛いものですから」

「あはは、なるほどね……じゃあ、遠慮なくここでくつろがせて貰《もら》うわね」

独りで準備するのが良いのだけれど、静かなのはつまらない……と云《い》うことであるらしい。

「はい。ですが、何かお二人は内密のお話をなさるおつもりだったのではありませんか？」

もしかして余計な世話を焼いたかと、雅楽乃が心配する。

「ううん、内密って程じゃないんだよ。ちょっと薫子ちゃんに相談したいことがあって……雅楽乃ちゃんにになら別に聞かれても平気です」

「それは……ご信頼頂けていると云うことでしょうか、光栄です。では、私はこちらで準備をしておりますので……どうぞお気になさらず」

「うん、ありがとうね」

雅楽乃が奥に引っ込み、しばらくすると向こうからぱちん、という気持ちの良い花鋏《はなばさみ》の音が聞こえてきた。

「それで……何の相談？」

その音を確かめてから、薫子が話題を再開する。

「うん……そのね、優雨《ゆう》ちゃんのことなんだけど」

「ああ……」

薫子がやっぱり、という声を出してしまったのがいけなかったのか、初音がちょっとしょんぼりした表情になってしまう。

「……その、ごめん」

「あ、ううん……薫子ちゃんが謝ることじゃないですから」

初音は、慌てて笑顔に戻ると、薫子をなだめた。

「それにしてもそっか、優雨ちゃんのご機嫌斜め……まだ続いてるんだね」

「うん……薫子ちゃんから見て、どうかな」

そう訊《き》かれて、薫子は自分の知っていることを思い出そうと、軽く考える。

「そうだなあ……あたしはほら、千早と一緒に居ることが多いじゃない？　だから、それなりに見て貰ってる感じではあるのよね。どうしてかは解《わか》らないんだけど、優雨ちゃんはすごく千早を信頼してるじゃない？　だから云い方は悪いんだけど、あたし辺りは『千早の子分』みたいな扱いになっているのかな、なんて思うんだよね」

しかし、それは飽くまでも千早に対する評価だと、薫子は思う。

「でもそれはさ、あたし自身に対しての評価じゃないんだよね……多分だけどさ」

「そうなの？」

「だと思うけどね……だから、多分優雨ちゃんにとっては初音の方が重要度は高いと思う。別に初音のことを理由があって嫌ってるんじゃない訳だし。それって、無関心よりは上ってことでしょ？」

つまり薫子あたりは「千早のおまけ」という身分になるわけで。それに較べれば、確かに初音は優雨から「初音自身」を関心の対象にされていると云うことになる。

「薫子ちゃんがそう云ってくれるなら、それは信じたいんだけど……ちょっと自信がないんだよね、私」

「うん……それは解るよ」

云うのは勿論《もちろん》薫子の勝手なのだ。けれど人の心が相手だと云うなら、どんなに頑張ってもそれを証明する手立てはない。

結局、薫子の云い分も、実際はただの希望的観測というものに過ぎないのだけれど。

「でも………」

そうなると手詰まりだ。薫子がどんなに初音のことを勇気づけたかったとしても、信じて貰えなければ確証も何もないということになってしまう。

「……あの、宜《よろ》しいですか？」

その時、奥で花鋏を動かしていた雅楽乃が、手を止めて二人の方を見た。

「あ、うん……どうかしましたか？」

「優雨さんというのは、もしかして園芸部に時折来ている……」

「雅楽乃ちゃん、知っているの？」

「ええ。私は時折園芸部にお邪魔して、一緒に花壇の世話などさせて頂いておりますから」

「そうですか……優雨ちゃん、園芸部ではどうなのかな」

「様子ですか。そう、ですね……」

初音の質問に、雅楽乃は少し物思いに耽《ふけ》るような仕草を見せる。

「無口な子だとは思いますが、部にはとても馴染《なじ》んでいると思います。園芸部の部員には朗《ほが》らかで面倒見の良い子が多いですし」

「そうなんだ……」

「初音……」

雅楽乃の言葉を聞いて、初音はちょっと寂しそうな表情を見せる。本当は喜ぶことの筈《はず》だけれど、初音からすると、自分のいないところでは優雨が楽しそうにしているという意味でもあり……ついそういう表情になってしまうというのは理解の出来るところだ。

「……もし宜しければ、少しお話をお伺《うかが》いしても？」

落ち込む初音を見て気になったのか、雅楽乃がもう少し詳しく聞きたい……と云い出した。

「難しい子、と云うのは確かに感じます……けれど、私の見る限りでは理不尽に誰《だれ》かを嫌うとか、そういう子ではないように思えるのです」

軽く寮での事情を聞いた雅楽乃は、それに対してそんな風に答えた。

「うん……あたしもそう思うし、それは千早とかも同じ意見なんだけどさ。ただ現実的に、初音がちょっと避けられている傾向にあるのは気のせいじゃないと思うんだよね」

そうでなければ、そもそも初音がここまで悩む必要はないのだから。

「……このような云《い》い種《ぐさ》は、大変失礼かとも思うのですが」

そこまで云って、雅楽乃は言葉を止めた。御前《ごぜん》と呼ばれる彼女でも、先輩に意見するのは流石に躊躇《ためら》われるのだろう。

「ううん、何でも云って下さい……私に悪いところがあるっていうなら尚更《なおさら》です」

「はい」

閉じた目を開くと、雅楽乃は真っ直ぐに初音を見詰めた……年下とは思えない、とても真っ直ぐな、鋭い目で。

「気になりますのは、初音会長は何故《なぜ》、優雨さんに『好かれる』という対価を求めているのか……と云うことです」

「え……っ」

あらぬ方向からの疑問の提示で、初音は思わず眼《め》を丸くする。

「私は初音会長の仰有《おっしゃ》りようをお伺いしておりますと『可愛《かわい》がるから慕って欲しい』……そのようなお心ではないかとお見受けするのですが」

「そ、そうでしょうか……」

云われた初音はキョトンとして雅楽乃を見つめ返す。それはそうだろう、今までの会話から考えても、初音がそういう風に優雨に接しているようには思えない。

「では云い方を変えましょう、初音会長は優雨さんの『世話をする』と仰有いました。その時点で会長は優雨さんと対等の目線に立っていらっしゃらないのではないか……私にはそう思えてならないのです」

「あ……」

その言葉で、初めて初音は云われた言葉の意味を悟ると、こうべを垂れてしまった。

「彼女は確かに少々幼いところもありますが……話した限り、とてもしっかりした自身の考えを持っている子だと存じます。そんな彼女に、あたかも医師が無知の病人を扱うように接することは、多感なあの子をどこかで傷つけているのではないかと、私にはそう思えるのです。そうはお考えになりませんか？」

「………そう、かも知れません」

しばらくの硬直の後、初音はぽつりと、そうつぶやいた。

「初音……」

「私、頑張って優雨ちゃんのお母さんの代わりになろうって……そう思ってたから。確かに雅楽乃ちゃんの云う通りなのかも」

その言葉に小さく肯《うなず》くと、雅楽乃は言葉を続ける。

「結果的に、優雨さんが会長の世話を受けることは実際にその通りではあるのでしょう。あの子は身体《からだ》が弱いそうですし……ですが、世話を享受《きょうじゅ》することと、それを卑下《ひげ》させることとは、また内容が異なってくるのではないでしょうか」

初音を真っ直ぐ見詰めての雅楽乃の言葉……初音もその意味をゆっくりと反芻《はんすう》する。

「そっか……私が頼って欲しい、甘えて欲しいって思うことで、優雨ちゃんが子供扱いされてるって感じちゃうんだね」

初音は、それだけ云って……ちょっと苦しそうに笑った。

「そっか。『甘えて欲しい』ってことは、裏を返せばイコール『慕《した》って欲しい』ってことなんだ……」

「慕って欲しい」というその言葉が持つイメージだけで、初音がそんなことする筈がないと、薫子はそう思い込んでいた……しかし逆に考えれば、親切心すらそういう意味になり得るのだということを、雅楽乃によって教えられたのだった。

「……出過ぎたことを申し上げました、どうかご容赦下さい」

二人が何も云えずにいると、雅楽乃さんはそう一言述べ添え、そしてゆっくりと頭を下げた。

「そ、そんなこと無いよ……雅楽乃ちゃんのお陰で、どうして優雨ちゃんに嫌われちゃうのか、ちょっと解ったような気がするし。逆にお礼を云わなくちゃいけないくらいです」

「そう云って頂けると、恐縮です」

雅楽乃は少し苦笑いをすると、薫子たちが飲み終えた湯呑《ゆの》みを下げて立ち上がった。

「部屋を使わせて貰っただけでも助かっちゃったのに、相談にまで乗って貰っちゃって……私ってば、やっぱり威厳とかそういうのはからっきしだね」

小さく溜息《ためいき》をつくと、初音はそう漏らして苦笑する。

「そうかな、初音の威厳の使い方はそういうのじゃないと思うけど……っていうか」

「っていうか、なあに……？」

「ああ、えっと……な、なんでもない」

初音の持っているのは威厳とかではなくて、包容力とか理解力ではないのか……と云い掛けて、薫子は慌てて口をつぐんだ。初音が威厳の無さを妙に気にしていることを思い出したからだ。

「あー、まあ、雅楽乃さんの助言は流石《さすが》というか……驚いちゃった。あたしそんな難しいことは全然考えないから」

薫子は話題を逸《そ》らすために、湯呑みを片付けて戻ってきた雅楽乃に話を振ると、何故か彼女は少し顔を赤らめる。

「ほ、本来であれば口を出すような立場ではないのですが……千早お姉さまのお友だちがお困りになっていらっしゃるのだと思いましたら、つい差し出口をしてしまいました」

するとついさっきの毅然《きぜん》とした態度が一変。これはもしかして「恋する乙女《おとめ》」ってものなんだろうか……薫子はそんなことを考えてしまう。

（まあ、千早は男だから……いやいや、でも今のところ対外的にあいつは女の子なわけで！）

「雅楽乃ちゃんが千早ちゃんが大好きって話、本当だったんですね」

薫子が自分の妄想《もうそう》を頭を振って追い払おうとしているのに、初音はストレートにそんな質問を投げ掛ける。

「はい。私は千早お姉さまのことを、とてもお慕い申し上げているのです」

「そ、そうなんだ……」

あまりにも直球な受け応《こた》えに、薫子は呆気《あっけ》に取られる。

（えっと、でもそれは何？　雅楽乃さんは女の子が好きとか、そう云うことなの⁉）

薫子としては、千早がいつの間にか雅楽乃のことを呼び捨てにしているのも気にはなってはいたのだけれど。

「……その、雅楽乃さん的には、千早のどの辺りが良いのかな」

思い切って訊いてみることにした。

「あ、そこは私もちょっと気になります。雅楽乃ちゃんは、千早ちゃんと逢《あ》ってまだそれ程経《た》ってないわけだし……」

そこには初音も乗ってくる。

「どの辺り……ですか」

雅楽乃は質問をされると、少し困ったような表情を浮かべてから……不意と微《かす》かに頬《ほお》を桜色に染めた。

「……お二人は私よりも長い時間、千早お姉さまとご一緒にお過ごしになっているではありませんか。それなら訊かずともお解りになるのではないかと思うのですが」

「え、そ、そう……かな……」

逆に訊き返されて、薫子は困ってしまう。それを見て雅楽乃は小さく笑みを浮かべる。

「あの方は、今在《あ》るものを……ありのままで受け止めて下さいます。飾りなどに囚《とら》われず、本質を見て下さいますから」

その答に、聞いていた初音も小さく肯いた。

「そうだね。優雨ちゃんのことを最初に解ってあげたのも千早ちゃんだったし……雅楽乃ちゃんの云うこと、解るような気がします」

「はい。あの方には殊更《ことさら》に意地を張ったり、強がってみせる必要がありません……寧《むし》ろそれが無意味なのです。そういうところに、私はとても惹《ひ》かれてしまうのです」

「無意味……」

そこまで云われて、薫子にも朧気《おぼろげ》に理解出来てきた。そういえば、確かに千早はいつもそう振る舞っていた。

薫子がどんなに強がろうと、嘘《うそ》をつこうと、必ずその向こう側の薫子自身を理解しようとしてくれていた……そう思える。

「お逢いして日の浅い私でも解るのです……お二人にはきっとお解りになっていると思うのですが」

「まあ……そう、かな」

(千早が男の子じゃなかったら、多分あたしも二つ返事で肯いてたとは思う……かな)

素直な心情を吐露する雅楽乃に、薫子は心の中でそうつぶやいていた。

「千早お姉さまの前では、素直な自分でいることが出来ますから……私にはそれがとても得難いことなのです」

少し頬を染めながらそう話す雅楽乃を見て、この子にも年相応なところがあるんだ……などと、ちょっとだけ意地の悪いことを考えてしまう薫子だった。

「失敗だったわね」

──同じ頃《ころ》。

千早は史のクラスを訪ねて空振りに終わっていた。珍しく、史は友人たちと食事に出掛けているということだった。

予想外、といえばそうではあるけれど、史にだって友人関係はあるのだから──と、そんな安易な考えを反省する千早だった。

「……何が失敗なんだい？」

そんな背中に後ろから声が掛かる。

「ああ、ケイリ……どうしたのですか、こんな所で」

振り向くと、そこにはケイリの姿があった。

「それは私の科白《せりふ》ですよ、千早……ここは二年生の階ですよ」

「ふふっ、そうだったわね」

そう云われて、千早は苦笑する……ケイリはいつも、千早が予想していない時に現れるイメージがある所為《せい》だ。

「史に用件があったのですが、残念ながらいないようです」

「ふぅん……それはきっと、今は未《ま》だ時機ではないからではないかな」

「時機ではない？」

ケイリの眼は笑っているけれど、その奥の翠緑《エメラルド・グリーン》の瞳《ひとみ》は神秘に満ちている。

「運命論なんて語るつもりはないけれど、実際に相応《ふさわ》しい時機、時間というものは存在するものなんだ……無意識にそう働いているものでもあるね」

「……つまり、私が真実必要としている情報を得る為《ため》には、今の時間は適していない……そう云いたいのですか？　ケイリは」

「ふふ、流石に千早は聡《さと》いね……私はもう一段説明を要求されるかと思っていたけれど」

「日本には『お膳立《ぜんだ》て』と云う言葉がありますからね。人は無意識に、その場に相応しい会話、また会話に相応しい場を用意しようとする……そういう意味のことでしょう」

「……ご明察。気持ちの良い人だね、千早は」

にこやかに微笑《ほほえ》むケイリに、千早は肩を竦《すく》める。

「何だかケイリとこんな風に流暢《りゅうちょう》な日本語で会話すると、段々日本人として自信が失《な》くなってくるような気がしますけれど」

「気にしないで。後発組の方が、技術開発には熱心になるものだから」

そんな返しに千早は舌を巻く……やはり外国育ちの人間とは思えなかった。

「それにしても、今がその時ではないとすると……どうしましょうか」

ケイリの云うことを頭から信用するわけではないにしても、実際に史がいないのは事実だ。

「千早には、他にも色々とやることがあるように見えるけどね」

「……例えば、どのような？」

「総《すべ》ての事物は、勿論《もちろん》動くことによって生まれるから……この国には『犬も歩けば棒に当たる』と云う諺《ことわざ》があるでしょう？」

「ケイリ、それは本来は良い意味ではありませんよ？」

余計なことをしなければ災いに遭うこともない……そう云う意味だったはずだ。

「ところが英語になると、これが『The dog that trots about finds a bone.（犬も駆ければ骨をみつける）』になるんだ」

流暢な英国式発音《クイーンズ・イングリッシュ》を披露《ひろう》して、ケイリは楽しげに笑う。

「良いことも悪い事も、自分が行動して初めて現実になるってことだろうね……だから千早を歩かせるのが、今の私の仕事かな」

「歩かせる……ですか。それなら、ケイリには私と一緒に散歩でもして貰《もら》いましょうか」

「私と？　勿論構わないけれど、それはまた奇特なことだね」

ケイリはくすりと微笑《わら》うと、千早の隣に並んで歩き始める。

「……それに、私と一緒に居ると事件が起こる」

歩き出すケイリは、千早の耳にそんなことを囁《ささや》いた……。

「……いつもこうして学院の中を歩き回っているの？」

ケイリと歩きながら、千早は話を続ける。

「ケース・バイ・ケースと云うところかな。必ずしもそう云うわけではありませんね」

ケイリはまるで何かに引き寄せられるかのように、迷うことなく学院の中を歩いて行く。

「今日は、ここで足止め」

——と思うと、振り返ったケイリは急に足を止めた。

「それは、一体どういう……ん？」

そこで、くいっと後ろから袖《そで》を引かれる感覚が。

「……ちはや」

「あら、優雨……どうかして？」

袖を引いていたのは優雨で……と云うか、そこは優雨のクラスの前だった。

「丁度、ちはやに話したいことがあった」

「私に……？　何かしら」

「私はケイリ・グランセリウス……ケイリで良いよ。貴女のお名前は？」

「優雨……栢木《かしわぎ》優雨」

中庭《テラス》にやって来た二人はそこで初めて自己紹介をした。逢うのは二度目だ。

「ユウか……不思議な名前だね」

「そう？」

首を傾《かし》げる優雨に、ケイリはゆっくりと肯いた。

「そうですよ。貴女の名前は貴女自身であり、同時に貴女へと話し掛けてくるもの総ての名前でもある……そう云った名前は大切にするべきだね」

「それは優雨の読みが、英語で表現すると『you』になる、と云うこと？」

ケイリの言葉に、千早はその意味を確かめる。

「最初の理由はそう。そして名前が持つ関連性は、そこからどんどんその世界を拡《ひろ》げていく。だから人の名前はとても大切なものなんだ」

「わたしの名前は……わたしに話し掛けるもの、すべての名前……」

云われた優雨は、不思議そうにそのフレーズを繰り返した。そんな様子にケイリは微笑む。

「だから優雨、君はいつか君が持っている世界の総てと融和することが出来る……諦《あきら》めずに夢を持てると良いね」

「ゆめ……わたしの、ゆめ……」

「そう、君の夢だ……まだ、ここに眠っているけれど」

そう云って、ケイリは優雨の胸を指差す……優雨は、不思議そうに指を差された場所を眺めていた。

「そうそう。優雨は千早に相談があったんだったね」

「あ……うん」

優雨は、ケイリに云われて自分が何をしようとしていたのかを思い出したようだった。

「あのね、園芸部に……入りたいの」

「園芸部？」

優雨は、今まで員数外として良く園芸部に参加していた。それが積極的にやってみようという気持ちになったのだろうけれど、普段の優雨からすると、それは意外とも思えた。

「……だめ？」

「どうして、駄目だと思うのかしら」

「わたし、授業にもあまりちゃんと出られてないし……だから、部活だけしたらだめだって云われるかも。それに、ちゃんと部活に行けるかどうかもわからないし」

部活動を出来るだけの体力があるかどうか判《わか》らない……それは、優雨がそう思うのも無理はない。

「けれど、優雨がやってみたいと云うなら、それは試してみれば良いことなのではないかしら」

とにかく、優雨自身がやる気を見せてくれることはとても良いことだ……千早はそう思った。

「でも……ほかの部員さんの、迷惑になっちゃう、し」

（……優雨はやっぱり、根の優しい子なんだな）

千早は、優雨のそんな思い遣《や》りに感心していた。

「初音さんには相談してみた？」

「……ううん」

「あら……どうして？」

「えっと、うんって、云って貰えないような気がした……から。だから、ちはやに聞こうっておもって」

「えっ……」

初音が賛成しない……その考えは、一体どこから来るのだろうか？　千早は驚いていた。

「はつねは……ママに似てる、から。きっとだめだって云うとおもう」

「そう……」

つまり優雨は、初音ではなくて……初音の背後に見えている、自分の母親と重ねてしまっているということらしい。

「……優雨は、ママのことを嫌い？」

「ううん……でも、ママはきっと優雨があんまり好きじゃない」

（……どう、考えればいいんだ、これって）

優雨の言葉に、千早は少し混乱する……顔の見えない優雨の母親のことを思い遣るのは、少し難しいことだった。

「ねえ優雨。優雨は、一度でもマムに『嫌い』と云《い》われたことがあるかい？」

千早が答え倦《あぐ》ねていると、今度はケイリが優雨に質問をし始めた。

「……ない、けど……でも」

優雨はそう思っている……そういうことであるらしい。

「ね、優雨……私は思うのだけれどね。『嫌いだ』と面と向かって云われるまでは、君のマムが君が嫌いかどうかは判らないと思うんだ」

「でも……」

「優雨が云いたいことはとてもよく解《わか》るよ……君のマムは、君がいて欲しいと思う時にいてくれない。そして、君が優しくして欲しいと思う時に、優しくしてくれないんだ。そうだね？」

「‼……どう、して」

そんな説き伏せるようなケイリの言葉に、優雨は眼を見張る。

「……ほらね？　私にだってそれくらいは解るんだから。けれど、それだけでは優雨のことをマムが嫌いだって思っているかどうかは判らないよ。証拠はないのだからね」

「けいり……」

ケイリというのは、どうして判るはずも無いことを、そこまでしっかりと確信を込めた言葉に変えられるのだろうか……傍《はた》で見ていて、千早は驚いていた。

「……そうね。優雨のママも、初音さんも、きっと優雨のことが好きだと思うわ」

「ちはや……」

千早もケイリの意見に賛同すると、優雨に手を差し出してみる。

「だから大丈夫。園芸部に行って部長さんに相談してみましょう？　きっと初音さんも駄目とは云わないわ」

「………ん」

優雨は小さく肯《うなず》くと、そっと千早の手を取った……。


「そう、じゃあ正式に入部する気になったのね？」

「……はい」

放課後、千早は優雨とケイリを連れて園芸部の温室の姿子を訪れていた。

「解ったわ。じゃあこれ、入部届ね……自分で書いて、私のところに持っていらっしゃい。そうしたら部のみんなに、改めて紹介するから」

「……はい」

そう返事をする優雨の姿は、とても誇らしげに見える。

「わたし、部屋に戻ってこれを書くよ」

「ええ、それが良いわ」

「ありがと、ちはや……けいりも」

「どう致しまして。優雨が初音の妹なら、私にとっても可愛《かわい》い妹だからね」

「ん……」

優雨は千早たちに嬉《うれ》しそうに肯くと、早足で寮へ戻っていく。

「余程嬉しかったようだね、優雨は」

二人も嬉しそうに見送っている。

「そうみたいね……あんな風に活《い》き活《い》きとしていて」

千早は、園芸部の部長である姿子の方へと向き直った。

「姿子さん……ありがとうございます」

「いやいや、部員はいつでも歓迎だからね。こんな地味な部活に興味を持って貰えるのは嬉しい……あの子に何かあった時の面倒は私がちゃんと看《み》るわ。勿論、あの子の身体《からだ》が許す限りは、他の部員たちと同じように扱うつもりでね」

部長の姿子は胆力がある。優雨の身体の弱さを良く理解した上で、優雨の入部を認めてくれたのだった。

「さて……これで、初音も少し元気になってくれると良いのだけれど」

「えっ……?」

そんなケイリのつぶやきに、千早は驚かされる。

「ケイリは、もしかして初音さんから相談を受けていたのですか……?」

「いや。ただこの間初音と話をしたら、なんだかとても気を落としていたのでね……無理矢理白状させて聞き出したんだ」

ケイリは、いくらかの苦笑いを交えてそう話した。

「無理矢理、ですか……あ、もしかして、私を優雨の教室の前に連れて行ったのは」

「さあ、どうかな？」

云いながらにっこりと微笑む……ケイリの踏み込みっぷりも、なかなか容赦がないようだ。

「ね、千早、今度は初音の相談にも乗ってあげて欲しいな」

「私が……ですか？　勿論、何か出来ることがあれば、とは思いますけれど」

初音と優雨——正直、扱いの難しい話だと、千早は思っていたところだったのだけれど。


「そんなわけで、良く来てくれていた栢木さんですが、この度正式に我が園芸部員として迎えることになりました。いつも通り、みんなよろしくね」

「よろしく、お願いします……」

——頭をぺこりと下げる優雨に、園芸部員たちの拍手が湧《わ》いた。

入部届も受理されて、晴れて園芸部部員として活動に参加出来ることとなった優雨である。

「今日は何を？」

そんなケイリの質問に、姿子はにっこりと笑う。

「新人も入ったから……と云いたいところだけど、いつもの如《ごと》し。草取りに水撒《みずま》きよ。こう暑くちゃね」

「そうですね……今日は陽射《ひざ》しも強い。差し詰め夏のデモンストレーションと云ったところでしょうか」

「ええ。そろそろ夏蒔きのあれも仕入れないとね」

「夏蒔き？　珍しいですね……何を植えるのですか？」

興味をそそられた千早が質問する……夏に種を蒔く花というのはそれ程多くない。というより、そもそも夏蒔きの花が咲くのは大抵来年の春なので、学校の園芸部には不向きなのだが。

「矢車菊《コーンフラワー》よ。うちの伝統なの」

「ふふっ……それはまた浪漫主義的《ロマンティック》ですね。勿論それは青の矢車菊《コーンフラワー》ですよね？」

矢車菊は、とても美しい藍色《あいいろ》の花が咲く。

「いや、勿論って云われても……確かに伝統的に青で、とは決まってはいるのよね。理由はもう誰《だれ》も覚えてないいんだけど」

ケイリの質問に、姿子は困惑しつつもそう答える。

「きっと、初期の園芸部員で、どなたかがノヴァーリスの『青い花』でも読んで影響を受けていたのではないでしょうか。元になった小説は著者が亡《な》くなってしまった為《ため》に未完ですけれど『次の年の後輩たちに受け継ぐ』と云う意味でも、浪漫主義《ロマンチシズム》の代名詞としても、これほど打って付けの花はないと思いますね」

そんなケイリの言葉に、下級生の部員たちが姦《かしま》しく騒ぎ始める。

「ケイリさま、それ本当ですか！　素敵ですね」

「そ、そんな謂《いわ》われのある伝統だったんですね……何だかとてもロマンティックです」

「いやいやいや……今のはケイリの推測でしかないから。信じないようにね」

慌てて姿子が否定するけれど、実際のところの真偽は不明だ。

「ふふっ……ですが、昔のこの学院の先輩方なら、それくらいのことは考えていそうな気はしますね」

千早もそんな言葉で、ケイリの推理に賛同して首肯する
「そうですよ。本当ならとても素敵な由来じゃありませんか、部長」

「まあ、そうだけどね……捏造《ねつぞう》になりはしないかと思っただけよ」

そんなところに、姿子のしっかりとした性格の一端が窺《うかが》えるようだ。

「矢車菊の青《コーンフラワー・ブルー》と云えば、最高級サファイアの色味を表す代名詞ですからね。この学院の伝統としてはとても素敵なものなのではないかしら」

千早がそんな知識を徒《いたずら》に披瀝《ひれき》して、更に火に油を注ぐ。

「わあ、そうなんだ……」

「流石《さすが》お姉さま……素敵なお話です」

「こらこらあなたたち、そろそろ作業に戻りなさい」

「はーい」

姿子に窘《たしな》められると、部員たちは楽しそうに持ち場に戻っていく。

「ふふっ……さて、私は少し手伝っていきますけれど、ケイリはどうしますか？」

「勿論、その為に来たのですから」

「はい……では、始めましょうか」

千早とケイリも、園芸部員たちと一緒に草取りに興じることにしたのだった。


「はふ……」

「……暑いわね。優雨、大丈夫？」

「少し、ふらふらするかも」

「では、少し休みましょうか……姿子さん、いかがでしょう？」

七月だというのに、まるでもうすっかり真夏のような暑さだった。これでは優雨でなくても具合が悪くなるというものだ。

「ええ、そうね……では、休憩にしましょうか」

「はーい。それにしても暑いよね」

「本当に。まだ梅雨《つゆ》も明けておりませんのに……まるで夏本番ですね」

皆、汗を拭《ぬぐ》いながら木陰や涼しいところに退避する……千早も、優雨と一緒に木陰に身を寄せた。

「ああ、そうそう。温室のクーラーバッグにいつものやつ入れてあるから」

「やった、部長のアイスティー！　すぐ用意しますね！」

「あ、私も手伝います……優雨ちゃんも大丈夫ですか？」

「うん」

ぱたぱたと楽しそうに、優雨たち一年生が温室の中に消える。

「……姿子さんが紅茶を用意なさっているのですか？　随分嬉しそうですね、あの子たち」

「ま、お手製でね。こんなに暑くては、褒美《ほうび》のひとつもないと部も続かないだろうと思ってね……主に私自身が、なんだけど」

「ふふっ、なるほど」

しばらくすると、一年生たちが手に紙コップを携えて戻って来た。

「……ちはや、はい」

「ありがとう、優雨」

カップの中を覗《のぞ》くと、紅茶……と云う色ではなかった。少し濁って、淡いオレンジ色をしている。

「園芸部特製の、紅茶のグレープフルーツ割りよ」

なるほど、カップに顔を近づけると、ほんのりと柑橘《かんきつ》の香りが匂《にお》う。

「これ……すき」

「いただきます……んっ、美味《おい》しいですね」

一口含んで、千早も思わず声を上げた。

紅茶の香りが、グレープフルーツの酸味と苦味を程よく和らげていてとても飲み易《やす》い。

「私、グレープフルーツだけだと苦くて駄目なのですが、これだととても美味しく頂けるんです」

初めて飲んだ千早の言葉に、一年生がそう話してくれる。

「そうね。グレープフルーツは苦味が強いから、好みの分かれるところね……姿子さん、これとても美味しいです」

「そう？　エルダーにお褒《ほ》め頂くなんて、それは重畳《ちょうじょう》だわね。紅茶とグレープフルーツの絞り汁を半々で割るだけなんだけどね」

姿子は褒められて、楽しそうに笑う。

「爽《さわ》やかで良いですね、とても」

思い思いに、日陰で涼みながらお茶を楽しむ……こんなのも長閑《のどか》で良いと、千早は思う。

「そういえばさ、今年の梅雨って雨あんまり降らなかったよね」

「そうですね。まあ、まだ終わったわけではありませんが……」

部員たちも、木陰で楽しそうにお喋《しゃべ》りの花を咲かせている。

「そうね。小さい頃《ころ》は良く梅雨の晴れ間に虹《にじ》を見たりしたものだけれど……最近はあまり見なくなったわね」

「にじ……にじって、本当にあるの？」

そんな姿子の言葉に、優雨が問い掛ける。

「えっ……優雨さん、虹を見たことないのですか？」

その質問に、部員たちが驚いた顔をする。

「絵本とかでなら……でも、ずっと何だろうって思ってたから」

「そういえば、私もテレビで見たことはあるけど……生で見たことってないかも」

そんな部員の言葉に、姿子が呆《あき》れ顔をする。

「いや、私たち園芸部なんだし……ホースとかスプリンクラーとか使えば普通に見られるでしょう」

「ええっ……うちの園芸部、水遣《や》りは全部如雨露《じょうろ》じゃないですか。スプリンクラーもありませんし」

「はっ……!?　つまり、貴女《あなた》たちは家では花の世話をしていないのね？」

園芸部員なのに……という口調の姿子の言葉に、部員たちは申し訳なさそうな顔をする。

「家は、その……高層マンションなものですから」

「う、うちは一軒家ですけど、庭はないんですよ……」

「そ、そう……」

そんな答に、姿子は苦笑する……いかにも都会っ子らしい理由と云えた。

「……虹が、見たいのですか？」

そんな様子を眺めていたケイリが、楽しそうに問い掛ける。

「……見られるの？」

「今日は陽射しも強いですから……簡単なことです。失礼」

そう云うと、ケイリは何を思ったか立てかけられていたスコップを手に取ると、温室の方に歩き出した。

「ちょっとケイリ、スコップでどうやって虹なんて……ええっ⁉」

「はっ……‼」

皆が呆気《あっけ》に取られている間に振り上げられたスコップは、思い切り振り下ろされ……ガキン、とけたたましい音を立てた……‼

「なぁ……っ‼」

姿子だけではない、その場に居た全員が目を見張る……ケイリがスコップを振り下ろした先には古びた送水管があり、直撃を受けた鉄パイプの裂け目から勢い良く水が噴き出した！

「どうでしょう。これで見えると思うのだけれど……美しい虹が」

……確かに、ケイリの云う通りだった。

噴き出した水のアーチが細やかな霧を作りだし、そこには反射して分光された陽の光が、綺《き》麗《れい》な七色の弧を描いていた。

「すごぉい……きれい……」

優雨が、目を輝かせてその虹を眺めている。

「うん、すごく綺麗……」

部員たちも言葉少なにその光景に見入っていた……虹だけに見惚《みと》れていた訳ではない。その横で優雅に微笑《ほほえ》むケイリの表情に、皆一様に心を奪われていたのだ。

――まるで中世絵画で描かれた天使のように、優雅な古拙の微笑《アルカイック・スマイル》。

ただシャベルを持って立っているだけなのに、その姿があたかも剣を持つ戦女神になったような錯覚に陥る。

「……あー、いや！　確かに綺麗だけど、これは駄目でしょ！」

最初に我に返ったのは姿子だった……まあ当然だ。慌ててケイリに喰《く》って掛かる。

「おや、そうですか？」

「パイプ壊しちゃって、一体どうするのよ……」

「ああ……それなら心配要《い》りません」

「え、どういう意味……」

きょとんとする姿子に、ケイリは優雅な微笑みを返す。

「姿子さんは先日確か、この送水管が老朽化していて水の赤錆《あかさび》が酷《ひど》いと仰有《おっしゃ》っていましたよね？」

「うっ、貴女まさか……」

「『誤ってシャベルをぶつけたら、破損してしまいました。これを機に新しいものに換えて頂けませんか？』」

まるで何かの科白《セリフ》のように、そう演じてみせるケイリに、姿子が固まる。

（ケイリ、そこまで考えてやったのか……計算高さもそこまで行くと立派だな）

千早は苦笑しながら、二人の様子を眺めていた。

「はぁ……ま、確かに困ってはいたからね。仕方ない、それで手を打つか」

「ふふっ……ありがたき幸せ」

「それにしても、巧《うま》くぶつけたものね……これ以上穴が大きくても小さくても、こんな風に水は噴き出さないでしょうに」

水は勢いよく、高く細く噴き出している……確かに、丁度良い穴の空き方になったものだ。

「そうですね……これはこれで、送水管にとっても、華々しい最後のひと幕と云《い》うことなのでしょう」

そう云ってケイリは、芸を披露し終わった道化のように、右手を胸に添えて深々と一礼して見せた。

「これが……虹、なんだ……」

優雨も他の部員たちも、突然現れた光のアーチに眼《め》を輝かせている。

「テレビで見るよりも、全然本物の方が幻想的って感じだぁ……」

確かに平面な映像とは違って、実物の虹と云うものはより幻想的だ。この世界で確かに視界に捉《とら》えられるものなのに、つかめる実物としては存在しない……追えば逃げる蜃気楼《しんきろう》のように。

「やれやれ……みんな堪能《たんのう》したかしら？　元栓を閉めるわよ」

「あ、はいっ。つい見とれちゃってました……」

「あは、もうちょっと見ていたいですけど……花壇がびしょ濡《ぬ》れになっちゃいますね」

「……うん」

そう答えながら、優雨は最後まで虹を心に焼き付けているようだった。


「……虹は楽しめましたか？　優雨」

シャベルを片付けたケイリは、優雨の元に戻ってくると、そう微笑んだ。

「うん……すごくきれいで、すごくふしぎだった」

「そう、それは何よりですね」

「ですが、どうして急にあんなことを？」

千早の質問に、ケイリは少し悪戯《いたずら》っぽい笑みを浮かべた。

「優雨が虹を見たことがないと云ったから」

「そ、それだけ……ですか？」

「ええ。でもそれは十分な理由ですよ」

ケイリは視線を優雨に戻しながら言葉を続ける。

「この世界には、見たことがないものや知らないことが沢山あるんです。それは、どんなに沢山旅をしようと、どんなに沢山知識を身につけようと、無くなることはないんです。それは誰にとっても……勿論《もちろん》、私や千早にとっても、優雨にとってもね」

背の高いケイリは、屈《かが》んで優雨と同じ眼の高さになる。

「……今の虹を見て、優雨はどんな気持ちになりましたか？」

「うん……すごく驚いて、それからもっと見たいって、そう思った」

そんな優雨の答えに、ケイリは肯《うなず》く。

「その通りです。一度そう云ったものを見て、その瞬間を味わってしまうとね……今度はまだ見たことのない、別の新しいものを見たくなるんです」

「別の……新しい、もの」

「人間は……見て、考えて、それを言葉にして他へ伝える、今のところ唯一の存在です。そして、生涯《しょうがい》掛けて見たもの、聞いたものを言葉に換えてまた別の人へと伝えていく。そしてそれは、別の人にとって、それ自体が新しい世界の不思議の一部なんです……まだ見たことのないものが、今度は人の手によって産み出されていくんです」

「じゃあ、全部見ることや、全部知ることは出来ないんだ……」

「勿論です。世界はこんなにも広くて、沢山の人たちが居るんですから……でも、それで良いんです。総《すべ》てを知ることが出来ると判《わか》ってしまったら、その時にはきっと、知ることが輝きを失ってしまうから」

「さっき感じた……どきどきが失《な》くなっちゃうの？」

「そうです。だってそうでしょう？『いつかは世界に存在する総てを知ることが出来るんだから、そんなにどきどきしても仕方がないな』って、なってしまうじゃありませんか」

「……ほんとだね」

——まるで童話か何かのような、ケイリと優雨の会話。

傍《はた》で見ている千早は、何だか心が暖かくなっていくような気がしていた。

「生き物は皆、遺伝子で自分の経験を子供たちに伝えていけるけれど……感じたことや、考えを遺《のこ》せるのは人間だけです。だから、人間がしなくてはいけないことは、それが一番大切なのかも知れないね」

「…………」

けれどそこで、優雨の顔は少し曇ってしまう。

「……どうかしたのかしら、優雨？」

それに気付いて、千早が優雨に声を掛ける。

「わたしには、難しいかなって。わたしの世界は、窓の向こうに見えるところだけだって……そう思ってたから」

「優雨……」

ケイリの壮大な話に、自分の身体が弱いことを倦《あぐ》ねて、そんな結論に達してしまったのかもしれない。

「難しくなんてありません」

「ケイリ……」

困惑した千早の傍で、ケイリがそう云って微笑んでいた。

「優雨には優雨にしか出来ない世界の歩き方や、世界の感じ方があるんです……そしてそれは、他の誰にも真似《まね》の出来ないことなのですから」

「……そう、なのかな」

「優雨の身体が弱いというなら、優雨なりに世界をどう受け止めるか、どう感じるかと云うこと……逆に、もっと世界を知りたいと思うようになったら、優雨が自分を変えたいと思うようになるかも知れない」

「わたしが、変わる……」

そんな言葉に、優雨がケイリを驚いて見詰めた。

「世界と人との関《かか》わり方は様々で……だけど決して一方通行ではないんです。世界が優雨を変えることもあるし、逆に優雨が世界を変えてしまうことだってあるかも知れない」

「わたしが、変える……ほんとうに？」

「嘘《うそ》は云いません。優雨が世界と向き合うことを諦《あきら》めない限り、世界は優雨に向けて、ちゃんと開かれているんです……それを決して忘れないで」

「……………うん」

（世界はちゃんと開かれている……か）

……自分を取り巻いている場所だけが、ずっと世界の総てだと。

けれど、必ずしもそうではないということが、この場所に来て、初めて理解出来た——千早もそう思っていた。

「どうかしましたか？　千早」

「……いいえ、何でもないわ。少し考えごとをしていたの」

そんな風に誤魔化すと、ケイリは千早を見て微笑む。

「人は皆、自分の可能性を思ったよりも低く見積もっているからね」

「な、何の話ですか？　ケイリ……」

「ん、そうですね……傷つきたくないと思う心こそが、本当は自分を傷つけているっていう話、かな」

人懐こそうな、それなのに何でも見通しているような……そんな笑みをケイリは浮かべる。

「……敵《かな》いませんね、ケイリには」

千早はそんなケイリに、肩を竦《すく》めてそう答えることしか出来なかった……。

――夜。

「陽向《ひなた》ちゃん、これありがとう」

「ああ、読み終わられたんですね。どうでした？」

食堂でみんながくつろいでいると、薫子が陽向に本を持ってきた。どうやら借りていたものらしい。

「うん。恥ずかしながら読んでてボロ泣きしてしまった……はは」

「そうですか！　楽しめたみたいで良かったです」

「それにしても、陽向ちゃんの選ぶ本はハズレがないね……どれも面白いよ」

「ふっふっふ。ハズレの本はわたしが読み終わった後、闇《やみ》から闇へと葬《ほうむ》り去っているのですよ……くくくく」

「わ、わあ……そうなんだ……」

陽向の陰鬱《いんうつ》な表情を窺《うかが》う限り、どうやらかなりの投資が闇に消えているようだ。それを見た薫子が引き攣《つ》っている。

「……つまり、陽向ちゃんのお薦《すす》めは、沢山の血と涙によって作り上げられているということなのね」

「ううっ、そうなんですよ……聞くも涙、語るも涙のお話なのであります」

「どうせ思い付きで手当たり次第に買っているから当たりが少ない……とか、そういう話なのでしょう？」

「ぬぐあー！　香織理お姉さまっ、それ云っちゃ駄目ですってばぁ‼」

香織理の容赦ない一言に、陽向は涙目になって抗議している。

「これはっ、これはきちょぉーーーおなっ、経験！　そう！　人生経験のひとつなんですよ‼」

「どうなの……そんな人生経験。あまり役に立つとは思えないかしらね」

「ううっ……そんな一言で返されたら、わたしの今までの出費が総て無駄になっちゃうじゃないですか！」

「はいはいそうね、悪かったわ」

「に、にこやかに流されました……」

香織理と陽向の姉妹では、いつも陽向が弄《いじ》られることによってバランスが取られているらしい。もっとも、主に何を云われても挫《くじ》けない陽向に問題があるようだけれど。

「ふふっ、私なんて幼等部からずっとこの学院に居ましたから……陽向ちゃんの人生経験にはきっと全然敵わないわね」

フォローのつもりなのだろう、初音が少しずれた意見を口にする。

「人生経験ですか……そういう意味でしたら、それは史にも縁遠い言葉のように思えますね」

「人生、経験……わたしも無い、かな」

そこに史や優雨も同意する。

「あれ、いやぁ……そんな謙遜《けんそん》大会になっても困りますね！」

方向がずれてきたところで、今度は陽向が困惑してしまう。

（ある意味、僕は途轍《とてつ》もなく貴重な、若《も》しくは途方もなく異常な経験を積みまくっているところだけどね……）

そんな様子を眺めながら、千早は心の中で自嘲《じちょう》していた。

（あ……いけない、落ち込んできた）

……自嘲が自虐に陥り掛けているようだ。

「千早お姉さま、どうかなさいましたか？」

「い、いえ、何でもありません……」

史に覗《のぞ》き込まれると、千早は慌てて笑顔になる……うかうかと落ち込んでもいられない。

「……部活動は、人生経験になる？」

「ええ、なると思うわ」

優雨のそんな質問に、千早は気を取り直してそう答える。

「優雨ちゃん、部活動したいの？」

今度は初音が優雨に訊《たず》ねた。

「うん。今日、園芸部に入った」

「えっ！　……そう、なんだ」

初音がその言葉に驚いて眼を丸くする。確かに、優雨が自主的に行動するのは、十分に意外と思えることなのだけれど。

「はつね、反対……だった？」

そんな初音の反応に、優雨は少し不安そうな表情になる。

「あ、ううん、そんなことない……ただ、びっくりしただけだから。でも、ちょっとだけ心配、かな」

「………………」

そんな初音の言葉に、優雨は微かな暗い顔を見せる。

「ど……どうかした？」

「ん……なんでも、ない」

それだけ云うと、優雨は食堂を出ていってしまう。

「優雨ちゃん……」

困ったのは初音だ。そんな風に「なんでもない」と云われて、それが気にならない筈《はず》がない。

「わ、私……何か優雨ちゃんが怒ること、云ったのかなあ？」

「そうみたいね」

香織理が事も無げにそう答える。

「な、何が悪かったのかな……」

「……さあ。多分『びっくりした』か『ちょっと心配』のどちらかではないかしら？」

「………」

香織理の分析に、初音は困惑の表情を隠せない。

「……いつも正解ばかりは引けませんよ、初音さん」

「千早ちゃん、だけど……」

「初音さんは、初音さんの思うやり方で優雨と向き合って行ければ……それで良いと思います」

現実的に、そうするしかないのだから……そう思って、千早は初音を励ます。

「何だか、昔の私を思い出します……きっと、優雨ちゃんは初音お姉さまを、お母さんのように思ってるんじゃないでしょうか」

「お母さん……みたいに？」

陽向のそんな言葉に、初音は首を傾《かし》げる。

「小さい頃《ころ》って、良く意地を張ってしまって、お母さんに『大丈夫？』とか『しょうがない子ね』なんて云われると、つい怒ったりとか、向きになって云い返しちゃったりとか……そう云うことってありませんでしたか？」

そんな妹の言葉に、姉の香織理も肯いた。

「なるほどね……そういう意味からすると、優雨ちゃんの反応は確かに子供っぽい感じね。お母さんに窘《たしな》められて拗《す》ねちゃった、という感じなのね」

「そうですね。心配されるのは嬉《うれ》しい、けれど子供扱いされるのは嫌……そんな感じでしょうか」

千早も、その喩《たと》えならよく理解出来る。確かにこの場合の優雨の心情はそういったものなのだろう。

「そう、なんだ……うーん」

しかし、初音はそこで困ったような顔をする。

「やっぱり、私ちょっと普通と違うのかも……」

「違うって……何がですか？」

「お母さんに意地を張ったりとか、子供扱いされているとか……そんな風に思ったことが一度も無いんです」

「初音……」

思ったよりも深刻な初音の反応に、薫子が意外そうな声を上げる。

「私、みんなみたいに、優雨ちゃんのこと……解《わか》ってあげられないかも」

そんな初音の落胆に、後は皆、黙り込むしかなかった……。


「………ふう」

風呂《ふろ》から上がって部屋に戻った千早は、溜息《ためいき》をひとつついた。

どう考えれば良いものなのか、初音の悩みがあんなに深いとは思いも寄らなかったのだ。

「いっそ、ここに来たのが僕じゃなくて貴女《あなた》だったら……初音さんの気持ちも解ってあげられたのかも知れないね、千歳《ちとせ》さん」

鏡の中の自分の顔に——死んでしまった自分の姉である「千歳」の面影を重ねて、千早はそうつぶやいた。

「僕は男だから、自分が通ってきたレールと同じ場所を初音さんが歩いているとは思わない……そもそも、反抗期があったって云《い》うなら、僕は今でも十分に反抗期だし、ね」

千早は、今でも父親のことを許すつもりなんてないのだから。

「確かに一時期、母さんが僕に何を云っても腹立たしかった時期があったのは確かだけれど……」

それは、千早自身解らない感情ではあった。あの頃は叱《しか》られても腹が立ったし、心配されても腹が立った……とにかく遣《や》り取《と》りそのものが鬱陶《うっとう》しかったのだ。

いま思い返してみれば、それは確かに生理的に引き起こされたものだったのかも知れない。

「……駄目だ。優雨の行動とは根本的に違うような気がする」

優雨は今、恐らく初音のことを母親のように思っていて、そんな彼女に優しくされると腹を立ててしまう。

条件立ては判っていても理由は解らない。それは仕方がないことだ……千早は優雨ではないし、ましてや女の子ですらない。

「そう、だよな……」

千早は考えることを中断した。それほど簡単に人の総てが解るというなら、この世界に誤解や齟齬《そご》が罷《まか》り通る筈もないのだから。

「解らないからこそ、何とかしたかったら手探りでやるしかないんだ……そうだよね」

鏡の中の表情《かお》は、千早のそれと同じ、真摯《しんし》な眼差《まなざ》しで見詰め返していた……。

「千早ちゃん」

部屋のドアがノックされて、千早は現実に引き戻される。

「……初音さん。珍しいですね、こんな時間に」

不意の訪問に少し慌てる千早だったけれど、消沈した様子の初音を見て落ち着きを取り戻した。

「あの、千早ちゃん……ちょっとご相談したいことがあるんですけれど。その、優雨ちゃんのことで……」

「初音さん……どうぞ、取り敢《あ》えずお座りになって下さい」

千早は初音を部屋に招き入れると、取り敢えずは椅子《いす》に座らせた。

「少し待っていて下さい……お茶を淹《い》れてきますから」

「あ、それなら私が……！」

千早は立ち上がろうとする初音を手で制すると、小さく苦笑する。

「いいえ……私がお茶を淹れてくる間に、話したいことを整理しておいて下さい。初音さん」

そう云い置いて、千早は部屋を出た。


「さて……」

階段を下りながら、千早は考えていた。

「初音さんと、優雨……か」

それにしても、性格の不一致というならもっと……そう、もっと懸《か》け離れた二人の間で起こって良い筈なのに。そんな愚にもつかないようなことを、つい考えてしまう。

確かに性格は違うかも知れないけれど、人のことをちゃんと考えられるし、遠慮や気遣いだって知っている二人なのだ……それがこんな風に仲違《なかたが》いするなんて、どうして想像がつくだろうか？

「けれど、何となくだけれど……理由は解り掛けて来た気がする、かな」

優雨が初音に対して何を見ているのか、そこにどんな意味があるのか……それは、ここ数日で見えて来た気がしている千早だった。

「ただ問題は、それを初音さんが理解出来ていない……いや、理解する自信を失っているってことなんだよな」

訪れた初音は、かなり消沈していたように見えたし、食堂での会話の時も、随分と落ち込んでいた……それを考えると、初音としてはかなり深刻な事態と感じているのではないか。そう思える。

「多分、あとは……初音さんが何を考えているのかを知ることが出来れば……っ⁉」

浴室の前を通り過ぎようとしたところで、突然傍らのドアが開くと、誰《だれ》かが飛び出してきた。

「きゃ……っ⁉」

ぼすん、と結構勢いよく、千早と飛び出してきた誰かがぶつかる……必然的に千早が抱き留める形になるのだけれど。

「……ごめんなさい、大丈夫？」

「っ……!!　か、かか、香織理さん……っ！」

浴室から出て来たのは、香織理だった……しかも、身に付けているのは前を開いたままのワイシャツとショーツだけ、という状態！　それに気付いた千早は、思わず自分の声が上擦《うわず》るのを止めることが出来なかった。

「あら、千早」

相手が千早だと判り、香織理が微笑する……湯上がりでつやつやになった肌から、ほんのりと石けんの良い匂《にお》いが漂ってきて、それが千早の五感を思い切り引っ叩いた！

「ちょっと、か、香織理さん……離れて……離れて下さい……っ！」

流石《さすが》の千早でも、いきなり半裸の、しかも飛び切りグラマーな女の子に飛び付かれれば、心の準備も何もあったものではない。それが解っているのか、香織理はブラも付けていない豊満な胸を、シャツの上から押し付けてくる。

「ふうん……流石に千早でも、ここまでやるとそんな顔を見せてくれるのね」

楽しそうな香織理の声に、千早の顔がこれ以上無いくらいに赤くなる。

「か、からかわないで下さいよ……ぼ、僕だって男なんですから……っ」

いつもの余裕は何処《どこ》へやら。女性の振りをすることも忘れて、千早は香織理から離れようとする。

「っ……はぁっ、はぁっ……もう、香織理さん、勘弁して下さいよ」

やっとよろよろと数歩香織理から遠離《とおざか》った千早だったけれど、まるで視界に赤い霧がかかったようにチカチカとしていた。

「ふふっ、だって千早……いっつも私のこの恰好《かっこう》を見ても、何も云ってくれないんですもの」

いつも、というのは……香織理は寝間着代わりに、普段からショーツと前開きの男性用ワイシャツだけ、という恰好で過ごしているのだった。

「千早、夜に私を見掛けると何かと理由を付けて何処かに行ってしまうでしょう？　だから、魅力がないのかしらと思って……でも、違うみたいで安心したわ」

「ち、違いますよ……刺激が強すぎるから、あまり見ないようにしているんです」

現に今も、千早は横を向いて、出来るだけ香織理を見ないようにしているという状態である。

「そうね。悪かったわ……けれど、私は千早が寮に来る前から、ずっと夜はこれで通しているんですもの。まさか千早が来たからって露出の少ない恰好に変えるわけにはいかないじゃない……何しろ女同士なんですもの。ね？」

いじめのようだが実際その通りなので、千早は何も云えなかった。

「あんまりやり過ぎると襲われそうだから、私は部屋に戻るわね。ふふっ、千早？　鉄の理性を期待しているわ……じゃ、お休みなさい」

「努力はしてみますけれど……お休みなさい」

ぐったりしながら香織理を見送ると、千早は何故《なぜ》だか異常に疲れている自分に気付いたのだった……。

「お待たせしました……すみません、少し香織理さんに捕まってしまったものですから」

「あ、ううん……大丈夫です。お陰で、ちょっと考えることが出来たから」

紅茶を淹れて千早が部屋に戻ると、初音が弱い笑顔で出迎えた。

「……どうぞ、初音さん」

「千早ちゃん……ありがとうございます」

もうすぐ夏だけれど、千早はミルクティーを淹れて来た。少しでも初音の気持ちを和らげる足しになればと……そういう気持ちが働いたもののようだ。

「それで、優雨のことで何か相談……ということでしたね？」

ゆっくりと紅茶を一口飲んでから、千早は話を切り出した。

「ええっと、そのね？　わ、私優雨ちゃんのこと、もっと解ってあげられるようになりたいなって……そう、思うんです」

「初音さん……」

初音の表情は真剣そのものだった。

「私、お昼に雅楽乃ちゃんにも云われたんですけど……確かに、少し上から物を見ていたような気がします。さっきも、つい偉そうなことを云っちゃったわけですし」

（上から物を云う……なるほど、保護しようっていう初音さんの考え方が、優雨から見た時には母親の独善的な部分と映る。雅楽乃は初音さんにそういう忠告の仕方をしたのか）

本当に雅楽乃は聡明《そうめい》な子だと、千早は改めて感心する。

「けれど初音さん、基本的には、その考え方を変えるのは難しいと思うのです……何しろ、実際に優雨は身体《からだ》が弱いわけですしね」

結果的に保護をする側、される側という立場は動かない……だから、雅楽乃の指摘は間違っていないとしても、この後にそこをどう変えていくのかということになると、また話は違ってくる。

「まず、直接優雨に話を聞けるようにするのが良いかとは思うのですが……」

しかしそれも難しい。恐らく今は初音にしても優雨にしても、お互いのことを気にし過ぎている。今向かい合うということは、恐らく自分から失敗をしに行くようなものだろう。

「千早ちゃん……」

「解っています。それが出来ないから、初音さんはここにいらっしゃったのですよね」

（そう。それが出来るなら、わざわざ僕を頼ったりはしない）

初音は千早が一番優雨に近い感性を持っていると信じて、ここに来た……つまり、自分に期待されているのは、優雨の感情を知る方法なのだ。千早はそう結論づける。

『優雨が世界と向き合うことを諦《あきら》めない限り、世界は優雨に向けて、ちゃんと開かれているんです……それを決して忘れないで』


「あ……」

「千早ちゃん……？」

その時、千早はケイリが優雨に説いた言葉を思い出していた。

「……もしかしたら」

（世界は、優雨に向けて開かれている……か）

あの子はいつも、窓の外を見ている……誰が部屋に居てもそうだ。

あの子の「世界」……そう、窓の外からなら、本当の優雨に話し掛けることが出来るんじゃないだろうか。

「……そう、ですね」

あの子は子どもだ。身体の年齢ではなく、心が純真と云う意味で……それなら、もっと簡単な方法で良いのではないだろうか。

「ね、初音さん。優雨がいつも、窓の外を見ている理由——知っていますか？」

「え……っ」

——上手《うま》く行かなかったら、顔を出して直接に優雨の顔を確かめればいい。

「少し考えてみましょう……どうすれば、優雨にとって一番理解して貰《もら》えるのかを」

「あ、は……はいっ」

まずは、今必要なのは、二人がお互いに素直になれる切っ掛けなのだから……千早はそう考えた。

Ⅳ．窓越しのエトランゼ

「……ぁふ」

「あら……千早《ちはや》さん、寝不足かしら？」

「ああ、こよりさん。おはようございます……少しお恥ずかしいところをお見せしてしまいましたね」

次の朝……千早は夜遅くまで考えごとをしていた所為《せい》か、やや寝不足になった。

「少し、初音《はつね》さんと夜更かししてしまったのですが」

……この表現には、やや嘘《うそ》がある。

正確には、「眠ってしまった初音と」夜更かしした、が正しい。

初音はどう云ったわけか、夜に極端に弱いらしく……千早が気付いた時にはもう椅子に座ったまま眠りに落ちてしまっていた。あまりに良く眠っていたので起こすわけにも行かず、史《ふみ》を呼んで、二人で初音を部屋に送り届ける破目に陥ってしまったのだ。

今朝、自分の部屋で目を覚ました初音は、起きるなり千早のところにやって来て、涙ながらにごめんなさいと謝ったのだった……まあ、自分から相談に来て眠りこけるというのは、確かにあまり感心出来ることではないのだけれど。

「初音会長さんって……そんなに夜に弱いんですか？」

こよりの横で話を聞いていた聖《きよら》が、不思議そうに訊《たず》ねる。

「ええ。どうも本人に聞いたところだと、十時を過ぎるともう眠くなると云ってらっしゃいましたね」

「ふうん……ふふっ、見た目のイメージ通りの可愛《かわい》い人ですわね、初音会長は」

「そうですね、確かに」

「だけど、お嬢さまだから早寝……というわけではないよね？　この場合……」

そう茉清《まきよ》が付け加える……まあ、これは「お嬢さまだから」ではなく、明らかに「子どもだから」という理由付けになる現象と云うべきものだろう。

「そ、そうですね……」

（そう云えば、初音さんと優雨《ゆう》って……どっちが宵《よい》っ張《ぱ》りなんだろうな？）

そんなことを考えると、何だか微笑《ほほえ》ましいやら可笑《おか》しいやらで、千早は思わず噴き出しそうになってしまった。

「おはようございます、皆さん」

「ああ、おはようございます。薫子《かおるこ》さん」

そこに、薫子が入って来る……今朝からまた、フェンシング部の朝練に顔を出すのを再開したらしい。

「どうでしたか？　練習の方は」

薫子は、悩みが霽《は》れるまで練習に出ない方が良いと桂花《けいか》に云われていたのだけれど。

「ん。大丈夫だった……あたしなりに吹っ切れたみたいだよ」

どうやら、春美《はるみ》の出方を待つと、そう決めたことで薫子の肚《きも》も決まったということのようだ。

「それは良かったです。何しろ薫子さんが暗いままだと、このクラス全体の明るさが三〇パーセントは低下してしまいますからね」

「どうかな……それくらいの明るさの方が、お嬢さま学校としては良いような気もするけど」

千早の冗句に対して、茉清が間髪入れずに混ぜ返す。それを聞いていたクラス中の級友たちが皆楽しそうに笑い出した。

「もう、それはどういう意味よ……二人とも？」

薫子が頰《ほお》を脹《ふく》らませるけれど、そこへ聖が笑い掛けた。

「つまり、それだけ皆さん薫子さんを心配していた、ということではないでしょうか」

「え……っ」

それを聞いて、怒りかけていた薫子の表情がすっと緩む……ほんのりと顔が朱《あか》く染まると、困ったように頭を搔《か》いた。

「いやえっと……その、ごめんね。皆に心配かけちゃったみたいでさ」

そんな風に、素直に謝ってしまえるからこそ、薫子というのはクラス中から慕われる存在になるのだろう。それが彼女の愛嬌《あいきょう》というもので……そう、千早は思っていた。


「えっと……いちねんの栢木《かしわぎ》と申しますが……」

昼休みのこと、優雨が千早のクラスを訪ねてきた。

「あら。ええっと、千早さんにご用かしら？」

「う、うん……」

聖が気を回してくれたものの、肝心の千早がいない。

「あれ、優雨ちゃん……千早に用なの？」

「ええ、そうみたいなんですけれど……もしかして、もう出掛けてしまわれましたか？」

「うん。チャイム鳴ってすぐかな……出て行っちゃったみたい」

「そうなんだ……」

薫子の応《こた》えに、優雨が残念そうな顔をする。

「うーん……ね、優雨ちゃん。わたしじゃ駄目かな？　その用事」

何を思ったのか、薫子は千早の代役を申し出る……そもそも、優雨が何の為《ため》に千早に用があるのか、それすらも聞いていないあたり、まあ薫子らしいといえば薫子らしい。

「うん……じゃあ、かおるこで良い」

「あはは。そっか、じゃ行こっか」

二人のエルダーを秤《はかり》に掛けるなんて、しかも「薫子で良い」などという言葉は、並みの女生徒では許されないところなのだろうけれど……不思議と、優雨の頓着《とんちゃく》の無さは、周囲からそういうものだと思わせる何かがあるようだ。


「それで、千早と何の話がしたかったの？　優雨ちゃんは」

優雨と薫子は二人、仲良くオムライスを注文すると、席に着いた。

「あのね……はつねのことなの」

「優雨ちゃん……」

どうやら昨夜《ゆうべ》の一件は、初音だけではなくて優雨にも影響があったようだ……薫子はそう考えた。

「わたし、はつねが……」

優雨は、そこまで話すと口をつぐんでしまう。もしかしたら、云《い》いたいことを上手く表現出来ないのかもしれない……そう思って、薫子なりに考えてみる。

「初音に、怒ってるの？」

「ううん、そうじゃないの……えっと」

考え込む優雨に、薫子は、少なくとも初音に怒っているのではない……と云うことを聞いて、ほっと胸を撫《な》で下ろしていた。

「はつね、どうして……いつも怒ってるのかな」

「え……」

ところが次の言葉を聞いて薫子は混乱する。初音が怒っている？　どういう意味だろうか。

「それは……」

優雨の勘違いではないのか……そう続けようとして、薫子はそこで踏みとどまった。

（ちょっと待って……もしかして。上手く考えたことを伝えられていないのかも）

薫子はふと、昔の——自分が一年生の頃《ころ》のことを思い出していた。

当時、薫子は転校してきたばかりで、語気が荒く、声色も鋭い感じだった。茉清をして「薫子さんは街の不良みたいだ」という評価をされていたくらいだったので、その違いは推して知るべしというところ。

一方で初音の方はといえば、幼稚園の頃から聖應《せいおう》育ちで、周囲をお嬢さまばかりに囲まれていた所為か、薫子のように明け透けに、大きめの声で話す人間には弱かった。

「あ……あの、かおるこちゃん……」

「え、ああ初音か……どうしたの？」

「っ……！」

だから、初音は薫子と声を交わす度に、薫子の声の大きさにびくん、と身体を震わせる。薫子から見ると、それはどう見ても無理をして作り笑いをしている……そういう風に見えたものだった。

「ね、お姉さま……初音ってさ、なんかちょっと変わってる子だよね？　いつもビクビクしてるしさ」

だからある日、初音は自分のお姉さまである奏《かな》に、そのことを話したことがあった。

「変な子……ですか？」

奏は少し考えると、ちょっとだけ楽しそうに笑ってから薫子を見た。

「きっと、聖應の皆さんから見たら、薫子ちゃんの方が変な子に見えていると思いますよ？」

「え……ああ、まあそうだろうとは思うけどね。あたしはお嬢さまらしさとは欠片《かけら》も縁がないわけだし」

薫子もニヤッと笑うと、否定するでもなくそう答える。

「世の中には、色々な人がいて……そして、色々な場所があるものなのですよ。だから薫子ちゃんも、相手のことを決め付けてしまう前に、相手の気持ちになってあげられると良いかも知れませんね」

「う……相手の気持ち、かあ。あたしの一番苦手なことだよね、それって」

困惑する薫子に、奏は優しい微笑みを見せた。

「ふふっ、薫子ちゃんだって、日本中を旅して回ったわけではないのですから、初音ちゃんが本当に変な子かどうかは判《わか》らないですよね？　それなら、もう少しは頑張らないといけませんね」

「お姉さま……」

薫子はそう奏に諭されて初めて、初音が「自分の態度に怯《おび》えて震えている」ということに気が付いたのだった。


「ふふっ……」

「……？」

昔を思い出した薫子は、思わず小さく笑ってしまう……そう云えば、あの頃も初音とこんな遣《や》り取《と》りをしたことがあったじゃないか、と。

「ああ、ごめんごめん。ちょっとね、思い出したことがあって」

不思議そうに見ている優雨に、薫子は無関係な行動を謝した。

「えっと、つまり優雨ちゃんには初音が怒ってるように見える……いや、そうじゃないかな。初音が怒っている感じがするのがどうしてなのか、ってことだよね？」

初音が優雨を心配しているという状況を、優雨の視点で見てみれば良い筈《はず》……そう思って、薫子は言葉を綴《つづ》ってみる。

「……！　うん」

優雨は自分が云いたいことが通じたことに驚いたのか、首を大きく肯《うなず》かせた。

「そっかあ……うーん」

薫子はそこで少し考える。つまり、初音の心配を優先する態度は、優雨にとっては不安や不満の対象になっている……ということなのだけれど、薫子は母親に育てられたことがないから、それを上手《じょうず》に言葉には出来なかった。

もしそういう経験が薫子にあれば、彼女の口からは「過保護」という単語が出て来ただろう。

「上手く云えないんだけどさ……きっと初音は怒っているわけじゃないと思うんだよね」

「怒って……ないの？」

優雨は、薫子の回答に不満そうだ。まあ、根拠がないからそれは仕方のないところではあるのだけれど。

「だって、優雨ちゃんを怒る理由は、初音にはどこにも無いじゃない？」

「そう、だけど……」

それでも優雨は不満そうだ。難しいなあ、と薫子は思う。

「うーん……」

（これはちょっと、あたしに千早の代わりは荷が重かったかなあ……？）

　薫子は心の中で、ちょっと苦笑いする。

　春美の気持ちにも、きっとあたしはなってあげられない……そんなことを思って、薫子の心は少しだけ気重になるのだった。


「じゃあ千早ちゃん、よろしくお願いしますね」

「ええ」

　――一方、千早は薫子たちとは目と鼻の先であるカフェテリアで、初音と昼食を摂《と》りながら、優雨についての作戦を練っていたのだった。

　結局、初音と悩みに悩んだ末……それは突拍子もない結論に落ち着いたのだけれど。二人とも不思議と、それがそう悪くない作戦に思えていた。

「……あ」

　その時、小さく千早のお腹《なか》がきゅるる、と鳴った。

「ふふっ、私の場合は初音さんに付き合ってダイエット……というわけには行かないようですね」

　初音がおにぎり一個で昼食を済ませていたので、千早もそれに付き合って菓子パン一個にしたのだけれど、もともと成長期の男子である千早が、そんな量で足りるわけがないのだった。

「もう少し、お腹に入れておきましょうか」

千早はカフェテリアの席を立って、売店へと足を伸ばした……。


「人もいないし……丁度良いでしょうか」

午前中に軽く雨が降り、中庭《テラス》のベンチは半分方水を吸っている。何カ所か乾きかけのベンチがあるので、千早はそれを見繕ってそこにハンカチーフを敷いた。

お昼休みも残り半分ということもあり、数人いたであろう生徒たちも総《すべ》て校舎に戻った後なのだろう……そこには千早がひとりだけだった。

「……人形劇、ですか」

千早は、昔を思い出して微笑《わら》う……それは昔、まだ彼の姉である千歳《ちとせ》が生きていた頃の話だった。

姉と云っても病弱で、いつもベッドから離れられなかった千歳……彼女は優しく、辛抱強い子どもだったけれど、それでもやはり、拗《す》ねたり怒ったりがない、というわけではなかった。

「もう、ちーちゃんなんて知らないんだからっ！」

ある日、ちょっとしたことから千早は千歳の機嫌を損ねてしまい、口も利いて貰《もら》えないと云う状態が一日ほど続いたことがあった。

どちらかと云えば、辛《つら》いのは千早よりも千歳の方。彼女はベッドから出られない……つまり彼女の相手は、世話係見習いの史か、弟の千早しかいなかったのだから。

そこで千早は一計を案じる。自分の代わりに手に付けたマペットを通して「ごめんなさい」をしたのだった。

「いま思えば、何とも浅知恵だったとは思いますけど……確かに、面と向かって謝ったり、本心を打ち明けるのは、お互いに難しいよね」

千歳は、結局ベッドから出ることなく——この世を去った。

そのショックで妙子《たえこ》は心に変調を来《きた》し……やがて、彼女は千歳の存在を千早と混同して、忘れ去ってしまう。以来、奇矯《ききょう》な言動が増えるようになっていった。

「千歳さん……」

千歳を失った後……そこから千早の、本当の苦しみが待っていた。

「……いや」

そこで千早は首を振ると、自分の厄介《やっかい》な気持ちを振り払った……今そんなことを思い出しても、何も良いことはないのだから。

「……もっと、大切にしておけば良かった」

想《おも》い出《で》というものは、良いところだけが残ると云うけれど……それなら、もっと千歳との良い想い出を沢山作っておけば良かった。そう思う千早だった。

「……ちはや、いた」

不意に、遠くから声が掛かる……優雨だった。

「優雨……ご機嫌よう。何かご用かしら」

「ううん、千早……どこか痛いの？」

「え……ああ。いいえ、大丈夫ですよ」

少し昔の悲しいことを思い出していた所為《せい》だろう、千早は少し恥ずかしそうに頰《ほお》を赤らめた。

「どう云ったらいいのかしらね……『生きる』ということを、もう少しだけ大切にしていたら良かったかしらって、そう思っていたの」

優しい笑顔で、千早は優雨にそう語った……もう少し、千歳に優しく出来ていたら。けれどそう思うのは、それがやはり、既に過去だからこそなのだけれど。

「生きるを、大切にする……」

「ええ。もっと良い想い出を沢山作っておけば良かったかしらって」

そういう話をするのは、少し恥ずかしい……そう思う千早だったけれど。

「このせかいには、ずっといたいって思うような……そんな素敵な想い出って、ほんとうに出来るのかな」

「優雨……」

優雨の言葉に、千早は衝撃を受ける……けれど考えてみれば、その言葉は病弱な彼女にとっては、至極当たり前の感想でしか無いことに気付かされる。

「そう。つまり優雨は、まだこの世界の素敵なところも、優雨自身の素敵なところもちゃんと知らない……ということなのね」

「わたしの……素敵なところ？」

「ええ……　知らないんでしょう？」

覗《のぞ》き込むような、悪戯《いたずら》な表情を見せる千早。

「し……しらない……」

「そうよね。きっとそれを知ったら、優雨だってきっと、この世界を好きになれると思うわ」

きっと優雨は今、その入り口に立っている……千早にはそんな予感があった。

「……すき、このせかいを、好きに」

「そう、この世界を、好きに」

千早の笑顔に——。

「……知りたい」

「知りたいでしょう？」

「うん……」

不思議と、優雨はその言葉の続きが聞きたいと……好きになると云うことが、どんなことなのか知りたいと。

「知りたい……！」

——優雨は、そんな風に思えたのだった。

「そうね……じゃあ」

そう云って、千早はひとつ……優雨と約束をしたのだった。


「はあ………」

「あの、それ……ホントにやるんですか？」

——夕食後。千早と初音は、打ち合わせ通りに優雨に対して、ある作戦を実行することを皆に告げた。何しろ内容が内容なので、周囲の理解を得られないと千早も初音も変人扱いされかねなかった。

そこで、調子の悪い優雨が一足先に部屋に戻ったところで二人は話を切り出したのだった。

「ええ。そのつもりで、こうして皆さんにお話しさせて頂いているのですが……」

……もっとも、理解を得られてもやはり変な人と認定される可能性はあるのだが。

「まあつまり、私たちは貴女方《あなた》がおかしな行動を取ることを黙認すれば良いと。そういうことなのね？」

「あは、えっと……はい。大まかに云うとそうです」

香織理《かおり》の大雑把《おおざっぱ》な把握に、初音が苦笑しつつ肯定する。

「なるほどね。そこは了解したわ……けれどそれって大丈夫なのかしら。余計に拗《こじ》れたりとか、そういった可能性はないの？」

香織理がそう心配する……それは当然の疑問だった。

「そうですね。お二人がなさることに特に反対も致しませんが……史も効果には若干の疑問を感じます」

「ですよねえ……確かに優雨ちゃんはちょっと幼いかもしれませんけれど、そういうことが通用する歳《とし》だとは思えません」

「……そう、だよねえ」

千早と初音以外は、そこで全員首を傾《かし》げて見せた。それはそうだろう……彼ら自身も、これが本当に有効なのかということには確信なんて無いのだから。

「でもね……このままにしておいても、変化はないって思うんです」

けれど、初音は強い口調で、はっきりとそう云った。

「初音、貴女……」

「……優雨ちゃんが心を開いてくれないのは、やってもやらなくても一緒かも知れないじゃないですか」

（……やっぱり初音さんは、芯《しん》の強い人だ）

自分の探している答に向かって、とにかく歩き出そうとする——そんな初音の姿だった。

「ですから、私はやってみようと思います。別に優雨ちゃんを子供っぽいと思っているわけじゃないんです……ただ、私の知っている形では、もう優雨ちゃんと向かい合う方法が解《わか》らなくなったから。もしこれで、子供騙《だま》しだって優雨ちゃんが怒るなら、その時は……それで初めて、私は優雨ちゃんと向き合えますから」

穏やかな声だが、しかしはっきりと、初音はそう云《い》った。

「……これは、止められないわね」

そんな初音の言葉に、香織理が肩を竦《すく》める。

「そうだね。こういう時の初音は止められた例《ため》しがない」

薫子も困惑の表情をやめて、小さな溜息をつく。

「え、あの……」

「……宜《よろ》しいのですか？」

史と陽向《ひなた》の二人は、あっさり納得してしまった姉たちに驚いて、目を白黒させている。

「……まあその、なんて云うのかしら。ねえ薫子？」

「うーん、一度こうなると、初音はなかなか止められないって云うか……ね」

香織理と薫子は、二人お互いに眼《め》を合わせると、苦笑いの表情を浮かべた。

「え……そ、そんなことは……ありませんよ？」

初音が困惑するけれど、そこで薫子の表情が少し悪戯じみたものに変わる。

「なぁに、もう忘れちゃったの？　あたしと香織理さんの前で、あんなに堂々と啖呵《たんか》を切って見せたじゃない」

「ええっ……初音お姉さまが!?」

「まさか、そんなことがあったとは……驚きです」

薫子の言葉に、陽向と史が驚愕《きょうがく》する。

「あああ……そ、その話はしないでください……」

どうやら、薫子たち三人の間で、昔何かがあったと云うことなのだろう。初音の顔が恥ずかしそうに真っ赤《まか》になる。

「兎《と》に角《かく》、私たちは止めないから。ま、協力出来るようなことがあるなら、何でも云って頂《ちょう》戴《だい》」

これ以上からかっても仕方がないと思ったのか、香織理が話をまとめに掛かる。

「うん。ありがとうございます、香織理ちゃん」

「どういたしまして」

いつものことだけど、香織理はそういうところを読むのがとても巧みだ。

「……それでは、思い切ってやってみることにしましょうか、初音さん」

「はいっ」


――その頃《ころ》。

「…………………」

少し感じている熱っぽさに、横になりたいと思っている優雨だったけれど……上体を起こして、いつものようにベッドから窓の外を眺めていた。

すっかり人肌に温まってしまったベッドというものは、不思議と病人に不快さをもたらす。優雨にとっても、それはやはり憂鬱《ゆううつ》で。

晴れた夜空に浮かぶ、冷たく冴《さ》え冴《ざ》えとした月の光を浴びていると、何だか自分の身体《からだ》も熱が冷めていくような……そんな気分になれるのだった。

「こんばんわ、こんばんわ」

……そんな時。

「こんばんわ！」

優雨は驚いた。ちょっと目蓋《まぶた》を閉じていた隙《すき》に、いつも見ている窓へ何故《なぜ》か……ちょこん、とウサギの縫いぐるみがよじ登っていたからだ。

「こ……こんばんは」

つい返事をしてしまってから「あれ？」と思う。今、何が起こっているのだろう……と。

「今日は良い夜ね。お陰でお月さまからはあなたのことがとても良く見えたもの」

困惑していた優雨だったけれど、ウサギがピコピコと短い手を振って応《こた》えるのを見て、不思議と気持ちが落ち着いていくのを感じていた。

——少なくともそれが、何か悪いことだとは思えなかったから。

「ウサギさん、お月さまから……きたの？」

全くそれが自然であるように、優雨はウサギにそう訊《たず》ねていた……そんな風に疑わないところが、如何《いか》にも彼女らしい。

「そうよ。わたしはお月さまに住んでいる天使さまのお付きのウサギなの！　今夜は天使さまが、あなたにどうしても聞きたいことがあるっていうから、仕方なく案内役でこんなに遠い所まで降りて来たんだからっ」

「天使……さま？」

「そうよそうよ。こちらです天使さま！　もう、こっちですってばぁ！」

ウサギが後ろを向いて呼び掛けると、今度はウサギの隣にひょいと、天使の姿の縫いぐるみが現れた。

「……よいしょっと。まったくウサギよ、そんなに急いで先に行ってしまったら、ちっとも道案内の用を果たしていないではありませんか」

「あはは、申し訳ありません天使さまー。なにしろわたしはウサギなので、お餅《もち》つきと駆けっこばかりは我慢出来ないんですよー」

「そうですか。自然の摂理だというなら、それは仕方ないかも知れませんねえ」

バタバタしたウサギと違って、天使はとても大らかな性格をしているようだった。

「またそんな難しいことを云ってばかり……いえいえ、今はわたしのことはどうでもよろしい

ような動きをして見せる。

ので！　天使さまがおっしゃっていたのは、この子のことなんでしょう？」

「ああ、そうですねえ。そうでした……」

ビーズのような眼で見えているのかいないのか、天使の縫いぐるみは優雨のことを覗き込む
「……わたし？」

優雨の質問に、天使はちょっと胸の前で腕を組む――ほど腕が長くないので、ちょっとそんな風に見えるポーズを取ると、うんうんと小さく肯《うなず》いた。

「そう、あなたです……あなたはその窓からずうっと、私たちの住んでいる月を見ていましたね。それがわたしにはとても気になったのです」

問い質《ただ》す風でもなく、単純に心配されているような、半ば興味で訊《き》かれているような……そんな優しい声に、優雨は不思議と胸の中の疑念が解けていくのを感じていた。

千早の声に良く似ている……きっと天使というものは、みんな千早のような声をしているに違いない。優雨はそんな風にぼんやりと思った。

「わたし……お月さまって冷たくて、きれいで……すごく好き」

まるで歌うように、ささやくように。そんな優雨の声。

「でも、わたしがいつもこうしているのは、他に出来ることがないから……だから」

「そうですか。しかし不思議です……わたしには腑《ふ》に落ちないことがありますねぇ」

「……？」

天使は、まるで学術的な疑問を提唱するような、そんな口調で優雨を見た。

「ここから見る限り、あなたのお部屋の中にも、色々素敵なものがあるようですけれど……それでも、いつも外を見ていますね。そこがわたしには良く解らないのです」

その質問は、優雨にはとても優しい声に聞こえた。

「……むかしね」

少し思い出すように、優雨は口を開く。

「むかし、お母さんが云ったの。『この窓の外は大きな劇場。いつも何かが、誰《だれ》かが素敵な演技を見せてくれるのだから』って」

「それはなかなかすてきなお言葉ですねぇ」

首をぴょこぴょこっと縦に振ると、ウサギがふむふむと肯いた。

「うん。そう思ってた……でもわたし、からだが弱いから、ずうっとお客さんなんだってことに気が付いたの」

「おきゃくさん……？」

「わたしが……窓の向こう側に行くことはないんだもの。わたしは、ずっとここから窓の外を眺め続けるだけ」

――その言葉を聞いて、何故だか天使もウサギも、少しだけ項垂《うなだ》れたように見えた。

「天使さま……ウサギさん……?」

縫いぐるみたちの声が途絶え、優雨も首を傾げる。

「ち……」

少し、震えるような初音……いや、ウサギの声。

「ちがうよっ!」

「わっ!?」

突然ウサギが大きな声を上げると、天使が驚いてぴょこっと動いた。

優雨も驚いてちょっぴり目を見張る……ちょっぴりくしゃくしゃになって屈《かが》み込んだウサギは、ふるふると震えていた。

「違うんだよ。きっとお母さんはそんな風に思って欲しくて、そんな風に云ったんじゃないんだよ……」

ちょこりと起き上がったウサギに、天使が近づいてそっと肩に手を置いた。

「ウサギよ、そんな風に驚かせるものではないよ……ほら、あの子もびっくりしてしまっているだろう?」

きゅきゅっと、天使の小さな手が、ウサギの頭を撫《な》でる。そんな様子を見て、優雨は不思議と自分が天使に撫でられているような、そんな気持ちになった。

「けれどそうですね。きっとこのウサギの云った通りです」

「天使さま……」

「きっとお母さんは、あなたが大きくなって、元気になったら、この窓の外に……すてきな劇場に飛び出して欲しい。そんな気持ちで仰有《おっしゃ》ったのではないかと、そう思いますよ」

そう云って、天使は小さな手を空に向かって差し上げる。

「この窓の、外に……」

「ええ、そうです……この窓の、外に」

優雨はそう云われて、夜空に浮かぶ月を見上げた。

「わたし、そんな風に……なれる？」

「なれますとも！」

ウサギがぴょいと起き上がり、小さくばんざいをする。

「神さまは、自分で頑張ろうとする子を見捨てません。必ずお力を貸して下さいますよ」

天使も、小さな腕を組む……振りをして、うんうんと肯いた。

「神さまだけじゃありませんよ。いっしょうけんめい頑張れば、きっと周《まわ》りにいる人だって力を貸してくれるはずだよ！」

「……うん」

少しだけ、明るくなった声でそう応える優雨に、ウサギと天使は互いに見合うと、小さくこくりと肯き合った。

「良かった。これで、どうしてあなたがいつも寂しそうな顔で月を眺めていたのか……その理由が解りました」

「お月さまは見た目ちょっぴり『びびっどにくーる』ですからねぇ。住んでいるわたしたちとしては、お月さまのせいでそんな悲しい顔をしているんじゃないかって、それが心配だったんですよー」

「そうなんだ……ごめんなさい」

天使とウサギはその言葉を聞くと、小さい手を小さいなりにぐるぐると振った。

「わたしたちは勝手に心配してきたのですから、気にすることはないのです」

「そうですとも！　気にする必要なんてありませんよー」

「…………うん。ありがとう」

柔らかな優雨の声に、天使もウサギもほっと胸を撫で下ろしたようだった……。


天使たちと優雨は、その後色々な話をした。

——月の話、ウサギの話、それに優雨のお母さんの話……勿論《もちろん》、天使の話も。

「……お母さん」

やがて、眠気に抗《あらが》えなくなった優雨が、窓の月を眺めながらぽつりとそう洩《も》らした。

「お母さんも、優雨のことを嫌いじゃないと……いいな…………」

……縫いぐるみたちはしばらく耳を欹《そば》ててから、優雨の返答がないことを確かめて。

「…………」

それから、そうっと……月を臨む窓を閉じたのだった——。


「ふう…………大丈夫、でしょうか」

「……うん、良いんじゃないでしょうか」

優雨が眠ったらしいことを確かめて、千早と初音はそっと部屋の窓を閉めた。

「ふふっ、千早ちゃんお疲れさまでした。小っちゃな男の子の声、すごく上手《じょうず》なんですね」

（……ぎくっ）

初音の思わぬ言葉に、千早はぎくりとさせられる。

「え、そ……そうですか？　は、初音さんも、可愛《かわい》らしいウサギの声でしたね！」

慌てて千早が誤魔化すと、初音も顔を真っ赤にした。

「え、ええっと……そ、そう云われると、なんだかすごく恥ずかしくなって来ちゃいますね……」

「勿論そうでしょう。ですが、私だけ恥ずかしいのは不公平ですから」

「あは、そうですね」

どうやら、千早は無事に誤魔化せたようだった。

「……優雨も、これで少しは打ち解けてくれると良いのですけれど」

「はい、本当に」

優雨の部屋の窓辺に隠れたままで、二人は月を眺めている。

「でもこれで、優雨がどうしていつも窓を眺めていたのか、少しだけ解《わか》りましたね」

「そうですね。でも、何だかちょっぴり……寂しい理由だった、かな」

初音は、そこで少し表情を曇らせる。

「ううん、そんなこと云ってたら駄目ですよね！　私、優雨ちゃんともっと仲良くなれるように頑張ってみます」

直《す》ぐに笑顔になった。こういうところ、ものすごく初音はポジティブだ。

「ええ。応援しています……ウサギさんは、あんなに優雨と一杯お喋《しゃべ》りが出来たのですからね」

初音は苦笑すると、ウサギを付けた手を千早の方に向ける。

「『うん、わたし頑張ってみるよ！』」

「ふふっ……『ええ、しっかりおやりなさい』」

千早も、天使を初音に向けると、そんな風に声を作ってみせた。

「あはっ……あはははは っ……」

二人は、優雨を起こさないように小さな声で笑い合った……。

「あっ……」

「え……っ!?」

その瞬間だった。パキリ、と枝が折れる音がして……向こう側にある植え込みからがさがさと薫子たち残りの寮生全員の顔が見えた。どうやら隠れて見ていたものらしい。

「……も、もう、みんな何してるんですか」

音を立てないように二人が窓の下から抜け出すと、皆が茂みから転がるようにもつれ出てきた。

「いや、その、ほら……手出ししないとはいえ、やっぱり気になるじゃない？」

薫子がばつの悪そうな表情で云い訳をする。

「私は止めたのよ？　二人の迷惑になるからやめた方が良いわよって」

香織理は我関せず、という態度だ。

「あれ、そういうお姉さまは、ではどーしてここにいらっしゃるんでしょうね？」

「だって気になるのですもの」

「ひ、開き直りましたね……」

「……やはり、純粋に興味があったものですから」

陽向も史もいた。

（全く。変なところだけ、ここのみんなはチームワークが良いんだから……）

千早は皆の姿を見て苦笑しつつ、そんな様子に温かさも感じていた。

「……千早ちゃんは、恰好良《かっこい》いなあ」

その横で、初音がそう一言つぶやいた。

「どうしたのですか？　急に」

「だって、こんな素敵なことが出来ちゃうんですから……私はどうしようって思うだけで、何も考えつかなかったですし」

初音にそんな風に褒《ほ》められて、千早は苦笑した。

「……どうでしょうね。たまたま上手《うま》く行っただけで、そんな風に云《い》われるくらい良い作戦であったかどうかは……正直首を傾《かし》げますけれど」

千早は千早で、千歳にしてあげられなかったことをしただけ——そんな負い目もあって。

「本当に？　そんな風には見えませんでしたよ？」

「本当です。成功する自信は全くありませんでしたから」

そんな別の理由がなければ、千早にしてもきっと実行しようなんて思わなかったことだろう。

「けれど、心配もしていませんでした」

「えっ……どうしてですか？」

そしてもう一つ、千早に実行を決意させるものがあった。

「もし優雨に怒られたら、その時は真剣に話し合うと……初音さんがそう云って下さいましたからね」

「えっ……」

そう云われて、初音が眼《め》を丸くする。

「その言葉を聞いた時に『ああ、もうこれで成功してもしなくても良い』と、そう思いましたから」

「千早ちゃん……」

千早は、初音が生徒会長なんて似合わないと、ずっと思っていた。

けれど、今はそんな気持ちがすっかり吹き飛んでしまった……初音はきっと見た目と違って、状況や立場に甘えたりしない人なのだと、そう思えたからだ。

だから初音は、自分の「優雨に望まれてお姉さまになった」という立場にも寄り掛かったりはしなかった。

「だからこその余裕だったのではないかしら……きっと本当に素敵なのは、初音さんの方ですよ」

「……えっと、あの……あ、ありがとうございます」

もしかしたら、初音が「両親に怒られたことが無い」というのは、そう云った性格の裏返しなのかも知れない……千早はそうも思っていた。

「では、人形を使うと云うのは、千早さまのご提案だったのですか」

――就寝前のティータイム。千早は、史と薫子の質問攻めに遭っていた。

「まあね……」

「いやあ、千早も何て云うか、すっかり乙女《おとめ》だよね！　すっごく良い話だったし……ぷっ、ぷふっ……」

げんなりしている千早の横で、薫子が必死になって笑いを堪《こら》えていた……まあ、こんなことになるだろうとは思っていた千早ではあったのだけれど。

「本当に、聖應に来てからは千早さまのなさることが、とても開明的と申しますか、野放途《のほうず》と申しますか……あぅ」

「あああ……やめて史、それ以上云われると僕が立ち直れなくなるから」

「申し訳ありません」

（とほほ……史にフォローして貰《もら》おうなんて思わないけど、素直な言葉で語られると、さすがにちょっと傷つくよね……）

「うん、でもさ。上手く云えないいんだけど、初音と千早のお喋りって……その、すごく……」

薫子はそこまで云ってから、ちょっと考え込むような表情をした。

「すごく……心が温かくなるなって、あたしはそう思ったよ」

「そうですね。史にも、それは素晴らしいことだと思えましたが」

「薫子さん、史……」

……それでもやっぱり、薫子は笑いを堪えていたけれど。

「では、お休みなさいませ、千早さま」

「お休み、千早」

「ええ、お休みなさい……二人とも」

二人を送り出すと、千早は鏡台の椅子《いす》に腰を掛けて息をついた。

（……心が温かくなるような、か）

——鏡に映っているのは、少し虚《うつ》ろな千早の表情。

「まさか僕が、そんなことを云われるようになるなんて……ね」

『どうせお前、俺《おれ》らのこと頭悪いヤツ……とか思ってんだろ』

『何なのさ、その上から目線……お前そんなにエライ訳？』

脳裏に浮かぶ、以前の学校での級友たちの——そんな声。

「…………は、ははっ」

——乾いた笑い。

千早はそんなことは考えていなかった……少なくとも最初のうちは。

そう見えていたのは、別に彼らを見下していたからじゃない。

……ただ無力な自分に絶望して、何に対しても関《かか》わる気になれなくて。冷めた態度しか取れなかっただけだった。

父親の振る舞いを許せないと思ってはいても、その庇護《ひご》の外へと飛び出す気概《きがい》もない千早……そんな自分を下らない云い訳で飾るので精一杯だった。

虚勢や強がり、見栄……身を護《まも》るための薄っぺらな仮面。それがやがて目に見える形になって、周囲に対する棘《とげ》へと姿を変えていった。

冷笑家で皮肉屋な千早——それは、恐らく今もそれ程変わってはいない。

ただ、それを許してくれる周囲の優しさが、きっとこの場所に居ることを許してくれているんだと、千早はそう考えていた。

「だけど、そうだな……許してくれる場所だからこそ」

——そんな場所を創《つく》ってくれる、優しい人たちには。

「僅《わず》かでも良いから酬《むく》いることが出来ればって、そう思うんだ……千歳さん」

鏡の向こうに姉の面影を透かしながら、千早はそうつぶやいていた……。

V．道標《しるべ》をさがす旅

「ご機嫌よう、お姉さま方！」

「おはようございます！　騎士《ナイト》の君、白銀《ぎん》の姫君」

今日も弾《はず》むような黄色い声が、新緑の桜並木にこだましている。

「……ご機嫌よう、皆さん。今日も良い天気ですね」

「おはようございます、皆さん」

——そんな只中《ただなか》に身を置いているのは、いつもの二人。

「……ん？　千早《ちはや》、何だか少し、顔が朱《あか》くない？」

「そうですか？　確かに昨夜《ゆうべ》、少々肌寒いかとは思っていましたけれど……軽い風邪《かぜ》なのかもしれませんね」

本格的な夏になるまだ少し前。時折、朝方や夜が冷え込むこともある時期だ。

「それは大変です……私、保健室で風邪薬を頂いて参ります」

「ああ、史《ふみ》……そんなに慌てなくても」

云うが早いか、史の姿はあっという間に遠離《とおざか》る。

「……これから私は保健室の前を通り掛かるのですから、気にしなくとも」

千早は小さく息をつく。

「まあさあ、史ちゃんにそんなことを云っても無駄なのは、千早が一番解ってると思うんだよね」

横を歩いている薫子《かおるこ》が笑う。つられて、千早も苦笑いする。

「ふふっ、そうですね。有り難いとは思うのですが……あの子にも困ったものですね」

優雅にしている千早の姿に、何故《なぜ》だか違和感を覚える薫子だったけれど、しばらくしてからその正体に気が付いた。

「そうだ……千早、今日水泳の授業があるじゃないのよ。なんで登校してるの!?」

一瞬声を荒げそうになった薫子だったけれど、ぐっと抑え込んで千早にだけ聞こえるトーンまで押し下げた。

「ええ、大丈夫です薫子さん……解っていますから」

「え、ちょっと……わかってるって……」

千早はそれだけ云うと、薫子の質問には答えず、平静な表情で歩いて行ってしまう。

「千早……大丈夫なの？」

思わず立ち止まった薫子は、歩き去る千早の後ろ姿を見詰めていた……。

「………うーん」

――結局。

「千早、何処《どこ》に行っちゃったんだろう」

今は体育前の休み時間。更衣室に千早の姿はない。いや、あったらあったで今頃《いまごろ》薫子は大パニックなのだけれど。

何しろ今はプール前の着替え中……生徒たちは皆裸で水着に着替えている真っ最中なのだから。

「ねえ、香織理《かおり》さん。千早は……って、うわ、すご！」

「……ちょっと薫子、私の裸を見て変な声を上げるはやめてくれない？　下品よ」

そうは云っても、流石《さすが》に香織理のプロポーションには圧倒される……世の男性が間近で見たら卒倒するであろうことは疑いがない。

「か、香織理さんすごいです……すご過ぎます」

横で着替えていた聖《きよら》が驚嘆する……というか横に聖が並んでいる所為《せい》で一層すごいことになっているとも云えた。

「こんなに胸が大きいのに、何という体型の良さでしょう……」

通常、日本でバストの大きい女性というのは肥満の延長上にあり、ウエストがそれ程締まっていないのが通例だ。だからこそ、香織理の身体《からだ》に対して陽向《ひなた》が「奇蹟《きせき》のボディ」なんて名前を付けたりもする。それくらい、胸の大きさに対して香織理のウェストは細いのだった。

「普段は服の下だから、そこまですごいとは感じてなかったけど……裸になるとびっくりだね」

薫子やC組メンバーが眼を丸くして驚いているのを後目《あとめ》に、香織理はさっさと水着に着替えてしまう。

「もう、そんなこと云ってないで、貴女《あなた》たちもさっさと着替えてしまいなさいな」

「あはは、ごめん……ついね」

薫子は苦笑いする。最早《もはや》ここまで差がつくと、打ちのめされるとかそういう話は何処かへ吹き飛んでしまうようだ。

すごいものを見た、という気持ちで薫子たちも着替えを再開したのだった……。


「……やっぱり、いない」

薫子が着替えてプールサイドに出てみると、やはり千早の姿がなかった。

「見学もしないっていうことなのかな……」

あまり顔色が良くなかったので、薫子はてっきりそれを理由にプールを見学するのかと、そう思ったのだけれど。

「きゃあ、お姉さま……!!」

「騎士《ナイト》の君……！」

そう思った次の瞬間、薫子は同じくスクール水着の下級生たちに囲まれた。

「わ……貴女たちも水泳の授業かしら？」

「はいっ！」

「お姉さま、モデルみたいにすらっとしてて素敵です……」

「すっごくお綺麗《きれい》でいらっしゃいます！」

いきなりの人集《ひとだか》りに、薫子はもう千早を捜すどころではなくなってしまった。

「……かおるこ」

「あれ、優雨《ゆう》ちゃん……そっか、同じ時間割だっけ」

「うん……」

そんな中には制服姿の優雨も混ざっていた。やはり、彼女は見学なのだろう……そう思うと、少しだけ薫子も心が痛んだ。

「がんばってね、かおるこ」

けれど、優雨はそんな風に薫子に微笑《ほほえ》みかける。それを受けて薫子も笑う。

「うん。ありがとね、優雨ちゃん……」

そんな遣《や》り取《と》りをした次の瞬間、

「きゃあぁあぁあ～～～っ!!」

薫子の背後から、突然の大歓声が上がった！

「えっ……あれっ、千早ぁ……っ!?」

そこにいたのは、何と水着姿の千早だった……！

「姫君、その水着は一体どうなさったのですか!?」

千早は学院指定のスクール水着を着ていなかった……白のタートルタンクのトップスと、ハーフパンツの組み合わせを着て現れた。

「ごめんなさい……学校指定の水着が間に合わなかったものですから」

「いいえっ、とても素敵でいらっしゃいます……！」

「そうですわ……銀の髪と、白い肌にとてもマッチしていらっしゃって……」

「あ、ありがとうございます……」

どうやら千早は、転校生であることを利用して、わざと水着の注文を遅らせたようだ……先生に一般の水着での参加許可を得たものであるらしい。勿論《もちろん》、それは胸パッドのつなぎ目を隠す為《ため》と、下半身を隠す為の工夫だ。

「……ちはや、きれい」

「あら、優雨……ふふっ、ありがとう」

余裕の微笑みだ……薫子は何だか気にしていたのが莫迦莫迦《ばかばか》しくなってきた。

「やってくれたわね……千早」

「すみません薫子さん……ですが、約束したものですから」

「えっ……約束？」

「……ええ」

そう云って、千早は優雨に笑い掛ける。

どういうことなのか……薫子は意味が解《わか》らず、首を捻《ひね》った。

「無事に着替えられたわね」

「ええ、ありがとうございます……香織理さん」

生徒たちが散り始めてから、香織理がやって来る。

「全員が更衣室から出たのを確かめてから、香織理さんに携帯でメールを頂いたのです」

どうやら千早は、他の生徒が着替えている時間、体育教諭のところへ許可を取りに行って時間を潰《つぶ》していた……ということのようだ。

「さ、先生がいらっしゃいました……参りましょう、薫子さん」

「あ、うん……」

あまりのめまぐるしい展開に、薫子はわけも解らずに千早の手を取った……。

「はい、じゃあ次の組、行くよ！」

先生のホイッスル一下、生徒たちが一斉にプールへと飛び込んでゆく。

五〇メートルの競泳、千早と薫子は同じ列に並んでいた。

「ね、薫子さん……勝負、しませんか」

待機していると、千早がそんな話を薫子に持ち掛けてくる。

「え……千早と？」

「ええ。今日のお昼ご飯を賭《か》けましょう……如何《いかが》です？」

千早の眼がいつもよりもギラギラしているのが不思議で……いつもなら喰《く》い付きそうな薫子が躊躇《ちゅうちょ》する。そもそも、千早がそんなギャンブルを挑んでくるのはおかしいと思えた。

「つーか、あたしが普通に千早に勝てるとは思えないんだけど……」

「そうですね……私の体調が万全であれば。ですが、今日はそうでもないので」

そう云《い》われて、千早が風邪気味だということを薫子は思い出した。

「莫迦……病人に勝ったって嬉《うれ》しくないわよ」

薫子が渋い顔をすると……なんと、千早が見たこともない薄ら笑いを浮かべた。

「病人じゃなかったら元々勝負になりませんよ……そうではありませんか？」

「な……っ⁉」

薫子は眼を見開いた。千早は……いや、間違いなく、薫子を挑発に掛かっていたのだ。

「くっ……解ったよ。もし負けたら、学食のメニュー全部頼んでやるんだから。覚悟してよね！」

「上等ですね……楽しみにしていますから」

薫子も本気になった……そこまで云われて引き下がっていられる彼女ではないのだ。

「きゃーっ、千早お姉さま～っ！」

「薫子お姉さま～っ！」

室内に、黄色い歓声が響き渡る……千早と薫子の番が回ってきたのだ。

「位置について、用意……！」

体育の授業であるにも関わらず、二人の気迫だけが異常で……不思議と場内も熱気に包まれる。

「な、なんだかすごく鬼気迫る感じなんですけど……あのお二人」

「ど、どうしたんだろうな……」

「さあ、また薫子が勝負を吹っ掛けたりしているのではないかしらね」

香織理や茉清《まきよ》たちも、不思議そうに二人の様子を見守っていた。

ピーーーーーーッ！

先生のホイッスルと同時に、美しい弧を描きながら、二人同時に水面《みなも》へと躍り込んだ……！

「わあ……っ!!」

生徒たちも歓声を上げる……二人だけが異常な速度で、まるで水を縫うように進んでいく。

「騎士《ナイト》の君ーーっ！」

「姫君っ、頑張って下さいませーっ！」

そんな黄色い歓声も耳に届かないように、優雨もまた水面の二人に見入っている。

「っ……！」

「っは……！」

最初リードしていたのは千早だったけれど、徐々にその距離はじわりじわりと詰まり始め……そして二五メートルでターン。

「お二人ともお並びになったわ……っ！」

「あんなに力強いのに、何て優美な……」

二人が飛沫《しぶき》を上げて水面を切り裂き泳いでいく姿は、とても熾烈《しれつ》ではあったけれど……確かに優雅で、そしてあり得ないほどに美しいと思えた。

口々に、生徒たちが賛美の歓声を送っている。

「きゃあああーーーっ!!」

……そして、二人がほぼ同時にゴールへと辿《たど》り着く。

「わたし……」

それを確かめた優雨は、そっと自分の両手の平へと視線を移していた。

「どんな、気持ち……なのかな」

歓声を上げる生徒たちに囲まれた二人の姿を見詰めながら、優雨は心の中で思う。

自分も、あんな風に元気に動き回れたら……一体どんな気持ちになるのだろう。

自分が、あんな風に元気になれたら。

それは、優雨にとって初めて生まれた想《おも》いだった……。


「ぐ……やっぱり、ちょっと悔しい」

「ふふっ……申し訳ありません、薫子さん」

――結局、勝負は引き分けに終わってしまった。

「でも、優雨ちゃんの為だって云うなら、それを最初から云ってくれれば良かったんだよ」

千早は、優雨に本気で泳ぐところを見せると……そう約束していたのだった。

さっきの挑発は、つまりその為に薫子を本気にさせるのが狙《ねら》いだったのだ。

「ですが、私が本調子ではないのを知っていては、薫子さんは納得なさらなかったでしょう？」

「うっ……そ、それは多分そうなんだけどさ……」

今回は同着だったが、千早が本調子だったら一体どんなタイムを叩《たた》き出すのだろう……考えるだに怖ろしい薫子だった。

「お詫《わ》びに……メニュー全部は無理ですが、今日のお昼ご飯はご馳走《ちそう》しますから」

「えっ……い、良《い》いよ別に。それに、あたしも勝ったわけじゃないんだしさ……」

そんな理由を聞かされて、それでも奢《おご》って欲しいとは、流石に薫子も思わなかった。


「ちはや、かおるこ……」

食堂に向かうと、そこで優雨が待っていた。

「待たせてしまったかしら、優雨」

「ううん……かっこよかった。ちはやも、かおるこも」

優雨の眩《まぶ》しい眼差《まなざ》しで見詰められて、薫子は何だか気恥ずかしい気持ちで一杯になった。

「あは……そ、そうかな？　ありがと優雨ちゃん」

「さ、ではお昼にしましょうか」

「……うん」


「いっただっきまーす！」

「……いただきます」

それぞれに好きなメニューを注文すると、三人はお昼ご飯を食べ始める。

「ね、かおるこ……きょうそうして、追いつくのって、どんな気分なの？」

「え……うん。すごくわくわくするんだよ……本当は、抜ければ最高なんだけどね！」

「そうなんだ……わくわく、かあ」

その言葉を繰り返す優雨の姿に、二人は、温かさと切なさを両方感じていた。

希望を持たせたい。そしてその反面で、どんなに優雨が鍛えても、そうなれないことは知っているのだ……それは、恐らく優雨自身も。

「……自分の思った通りに身体が動かせるのが……すごく楽しそうだった」

「優雨……ええ。とても楽しいものよ」

千早も、嘘《うそ》はつかない。きっと、優雨にとってそれが知りたいこと……そう思うからだ。

「そうだよね……すごく、嬉しそうだった」

「ふふっ……顔に出ていたかしら？」

「口に水入ってたのに……かおるこの顔、笑ってたもん」

「え、あたしっ⁉ うーそうか、結構顔に出ちゃうんだなあ」

優雨がすごく穏やかに笑っているのを見ると、それを見ている薫子は、何だか泣きそうな気分になってくる。それがエゴだということを解っていても。

……優雨にとって、普通に動く身体というのは当たり前のことなどでは無いのだ。そう考えると、薫子は理解してあげられない想いでじりじりと心が焦《じ》れていく。

「わたしも……わたしもあんな風に、身体をうごかしてみたい」

「ええ、きっと……出来るようになるわ」

少しだけ顔を赤らめる優雨を、千早は、とても優しい眼《め》で見詰めていた。

「私にはね、お姉さんがいたの……優雨のように身体が弱くてね」

千早は、ゆっくりと自身の家族の話を口にする。

「でも、優雨と違っていたのは……ほとんどベッドから外には出られない身体だったのね」

「……そう、なんだ」

「優雨は、お医者さまには何て云われてるのかしら？」

千早の言葉に、優雨は少し考える。

「わたし、生まれつき普通の人よりもからだが弱くて、簡単に他の病気にかかりやすいんだって……そう云われてる」

「……それは、治らないの？」

「よくわからない……入院して色々すると、治るかもしれないけど、かならず治るとはかぎらないって」

「……そう」

「うん……」

少し悄気《しょげ》たような優雨の答えを聞いて、千早は続ける。

「それは……すごく、運の良いことね」

「えっ……そう、かな」

にっこりと笑う千早を、優雨は何だか不服そうに見詰め返す……それは当然だろう。

「ねえ、優雨……『あなたは治りません』と云われることと、『治るかもしれません』と云われることは、似ているように聞こえるけれど、全然違うことなのよ」

「ちはや……」

「私のお姉さんは……千歳《ちとせ》さんはね、『あなたは治りません』って、そうお医者さまに云われていたの。どんな努力をしても、決して治ることはないのだと」

「そんな……」

薫子は、その千早の言葉の重さに驚いた……実際に口にされてみると、その絶望がより身近になるような、そんな気持ちに戦慄《せんりつ》した。

「だからね、優雨……『治りません』と云われるまでは、貴女は何度でも頑張れるの。それは千歳さんよりも運が良いこと、私はそう思うわ」

「何度でも、頑張れる……」

「ええ、そうよ……何度でも頑張れるの」

優雨は、千早のそんな言葉を聞いて……そっと繰り返したのだった。

「じゃあね、ちはや、かおるこ」

「うん」

昼休みも終わり、二人は優雨を教室に送り届けると、自分たちの教室に引き返す。

「……優雨には、届いたでしょうか」

「うん……きっと、大丈夫だと思うよ」

それきり、二人は無言で歩く。

「今日は、薫子さんにはご迷惑をお掛けして……」

「え、別にそんな……わっ⁉」

薫子が千早の方を振り向くと、急に千早が薫子に寄り掛かってくる。

「ちょっと、ち、千早……っ⁉」

その時、薫子の頬に千早の額が触れた。

「わ……ちょっと、熱があるじゃないのよ！」

「ああ、なんだ……熱があるんですね。道理で少し身体が重いと思いました」

千早はうわごとのようにそうつぶやいていた。

「莫迦《ばか》……他人事《ひとごと》みたいなこと云ってないでよ、もう」

「……ごめんなさい」

薫子は千早を支えると、ゆっくりと歩き出す。

「本当だよ……全く、莫迦なんだから」

「すみません……」

それを聞いて、やれやれと薫子は肩を竦《すく》める。

「あのねえ千早……あたしは謝り方のヴァリエーションを聞いてるんじゃないんだけどな」

「……申し訳ありません」

「ぷっ……もう、結構余裕があるじゃない」

……結局、二人は身を寄せ合ったままで教室まで戻ったのだった。


千早は結局、その状態で午後の授業を受けた。

今は放課後……なのだけれど。

「千早さんは帰らないの？」

「……ええ、読み止《さ》しの小説があるので、読んでしまってから帰ろうと思いまして」

茉清に声を掛けられて、千早は咄嗟《とっさ》に嘘をつく……小説が鞄《かばん》に入っているのは本当なのだけれど。

「そう。じゃ、私たちも帰るわね」

「……ご機嫌よう、千早さん」

「ええ、ご機嫌よう」

教室を出ていく時、ちらりと聖が心配そうに振り返る……どうやら千早の具合の悪さは顔に出てしまっているようだ。

「ね、本当に寮に戻らなくて良いの？」

「ええ。今戻ると、優雨をがっくりさせてしまいそうですから……でしょう？」

「もう……あんまり強情張らない方が良いよ？」

薫子にも千早はそう答えて……心配する人たちを早々に皆帰してしまった。

「…………はぁ」

千早は溜息《ためいき》をつく。取り敢《あ》えず、どこかで休むことを考えないと……そう思うけれど、思考が千々《ちぢ》に乱れてまとまらなかった。

「失礼致します」

千早がぼうっとしていると、教室のドアが開いた。

「あら、早いのねこのクラス……もう誰《だれ》も居ないなんて」

「……香織理さん」

誰もいないのを見て取ると、そのまま千早の所にやって来る。

「何か、私にご用ですか？」

「ええ、ちょっと付き合って貰《もら》おうかと思ったのだけれど……あら？」

香織理さんは、特に表情も変えず、いきなり千早に顔を近づける。

「ちょっ……香織理さん……っ⁉」

「ふふっ……やっぱり、少しだけ熱があるみたいね」

そう云《い》われて、がっくりと力が抜ける。根本的に香織理は悪戯《いたずら》好きなのだろう。

「ええ、お陰で少し身体《からだ》が重いんですよ」

「何それ、まるで他人事みたいね」

鈍い身体の重さとは別に、ふわふわと頭が逆上《のぼ》せるような感覚があり……千早はまるで自分のことを遠くから見ているような感じを味わっていた。

「残念。暇潰《ひまつぶ》しにちょっとお喋《しゃべ》りにでも付き合って貰おうと思っていたのだけれど」

さも残念そうに、拗《す》ねた表情を見せる……そんな香織理は少し可愛《かわい》らしい。

「……良いですよ、付き合います」

「そう？　何だか悪い気がするわ」

「元々、ここで休んでから帰るつもりでしたから」

「ふふっ……それなら、少し付き合って貰おうかしらね」

香織理は悪戯っぽく、微笑《ほほえ》んで見せた……。


「……ここは」

カフェテリアで飲み物を買い、連れられて来た先に千早は見覚えがあった。

「ふふっ、来たことがあるわよね……私の逢《あ》い引《び》き現場」

「そういう云い方はやめて下さいよ、香織理さん……」

「大丈夫よ。千早を取って食べたりはしないわ。ここは一番人の出入りが少ないのよ」

千早はまだ少し身体が重いようで、窓際の椅子《いす》に腰を掛けると、弱い陽《ひ》の光にぼんやりとした暖かさと気持ち良さを感じていた。

「思ったよりも重症みたいね。少し横になったら？」

そんな千早の様子を見て取ったのか、香織理は苦笑する。

「こんなところでですか？　それは流石にちょっと」

「私が教室に行かなければ、あそこで突っ伏しているつもりだったのでしょう？　それならこでもあまり変わらないじゃないの」

そう云って香織理は、人が横になれるように椅子を並べ始める。

「眠れなくても、横になっているだけで大分違うものだと思うわ……ほら」

「いえ、ほら……って仰有《おっしゃ》いましても」

香織理は並べた椅子の端に座って、自分の膝《ひざ》をぽんぽんと叩く。

「それは……あの、もしかして……」

「何、ただで眠らせて貰えるとでも思っているの？　貴方《あなた》、私に付き合うと云ったわよね」

「……ですから、別に私は横にならなくとも」

流石の千早も、そこで怖《おじ》じ気《け》づいたけれど……香織理は鞭《むち》を緩めたりはしない。

「あら、それは駄目よ……何故《なぜ》なら私が面白そうだから」

「………」

千早がどう返事をしようものかと頭を捻《ひね》っていると、香織理がにっこりと微笑む。

「……不思議ね。どうしてこんなところに男の子がいるのかしら？　先生方にご相談した方が宜《よろ》しいのかしら」

「……脅迫ですかっ！」

「そんな、脅迫だなんて……ただの可愛い・い・た・ず・ら・よ」

「駄目だ……」

そこで千早は諦《あきら》めた。もしかしたら、この人には一生敵《かな》わないのではないか……そんな気さえして来る。

「そうそう。人間は諦めが肝心よね……あ、うつ伏せに寝ては駄目よ？　もう、千早ったらエッチなんだから」

「しませんっ！」

ふらふらしながら椅子に横たわると、香織理は千早から小説を奪い取った。

「貴方が寝ている間、この小説を借りておくわね」

「ええ、どうぞご随意に」

千早は結局、半ば無理矢理香織理の膝の上に頭を載せられる破目に。もうかなり自棄《やけ》になっていた。

「……どうかしら？　ご気分は」

「悪くはありませんが……目は瞑《つむ》っていた方が良さそうです。精神衛生に問題がありそう」

何しろちょっと目線を上に向けようものなら、二つの豊かな膨らみが間近に飛び込んでくる。

「ふふっ、そういうところ……ちゃあんと男の子なのね、千早も」

「そうですよ。ですからあまり挑発しないで頂けると……」

「それなら、じっくり見ても怒らない代わりに、いつもの理性に期待するわね」

「……余計に条件が悪くなっているじゃありませんか。いいですよ、もう」

半ば抵抗するのも諦めて目を瞑ると、鼻腔《びこう》にそっと、香織理の身体からいつもの梔子《くちなし》の香りが漂ってくる。

「本当に、香織理さんの身体は不思議ですね……」

朦朧《もうろう》としながら、千早は話し続ける。

「体臭のこと？　そうねえ……私としては、悪臭じゃなかっただけ良かったかしら、とは思っているけれど」

読み始めた小説から目を離さず、香織理は応《こた》える。

「けれどどんなに良い匂《にお》いだったとしても、それが苦手という人はいるものよ……だから、この体質の所為《せい》で仲良くなれなかったと云うのも、何人かはいたわね」

「……それはちょっと、辛《つら》い話ですね」

「もっとも、その反対に可愛い女の子も沢山寄ってくるわけだから……そう悪いものでもないのかも知れないけれど?」

「ふふっ、そうですか……」

香織理は笑っている。けれど……何というか、それは少し自嘲《じちょう》的な表情のようにも思えた。

「子どもの頃《ころ》は、先生に説明するのが大変だったわ……『学校に香水をつけてきてはいけないのよ?』なんて、担任が替わる度に云われたものだったし」

香織理自身は気付いているのか、少し優しい声になっていた。

「香水ではないとみんな解《わか》ってはいても、クラスメイトからはちょっと特別扱いだったわ」

「…………」

嗅《か》いでいるととても落ち着く、香織理の梔子《くちなし》の香りだけれど……そんな話を聞いてしまうと、なんだかそれがもの悲しいように、千早には思えてきた。

「五感がもたらす情報は、総《すべ》てを合わせてその人の個性《パーソナリティ》を構成するというけれど……私もきっと、この匂いに幾許《いくばく》かは支配されているのでしょうね」

「……そうかも知れませんね。でも私は、この匂い……嫌いではありません」

「あら、嬉《うれ》しいことを云ってくれるのね」

からかっているると思っているのだろう、香織理は余裕の笑みで応える。

「ですが、それは匂いの所為《せい》ではなくて……」

「え……？」

（そう、別にそれは匂いの所為じゃなくて）

千早は、首の下から伝わってくる……香織理の熱を優しく感じている。

「……きっと、香織理さんの心の広さがあってこそなのではないかって、そう思いますけれど、ね」

「千早……」

千早の言葉に、香織理が眼《め》を丸くする。

「………すみません、本当に眠くなって来てしまいました」

千早はそう云って、ゆっくりと目を閉じる……香織理の柔らかい膝の感触に、つい意識が行ってしまいがちになりそうになる自分に苦笑しながら。

「良いんじゃない？　……その為《ため》に膝を貸して居るのだから」

「そうですよね……ありがとう、ございます」

目を閉じると、千早はゆっくりと眠りの淵《ふち》へと落ちてゆく。

「……気苦労が絶えないって云うのに、貴方は他人《ひと》の心配ばかりしているのね」

眠りに落ちる少し前に、千早はそんな香織理の声を聞いたような気がしていた……。

「…………はぁ」

千早が教室で休んでから戻ると云われて、薫子は独りで先に帰って来たのだが……。

「そりゃ、確かに優雨ちゃんが調子の悪い千早を見たら、がっくりするとは思うけどさ」

……考えれば考える程、ふつふつと千早の行動に怒りが湧《わ》いてくる、そんな薫子だった。

「む、むむ……」

考えれば考えるほど、自分に腹が立ってくる。

「ていうか別に、優雨ちゃんに見つからなければ帰ってきても全然困らないじゃないか！」

いくら千早でも、熱が上がっていれば冷静な判断なんて出来っこない……薫子はそこに気付けなかった自分が腹立たしかった。

「……やっぱり、連れて帰ってこないと」

一度脱いだ制服にもう一度着替えると、薫子は部屋を飛び出した……。


「…………あれ？」

戻ってみたものの、千早はそもそも教室に居なかった。

「……何処《どこ》に行ったんだろ」

肩透かしを喰《く》らった薫子だったけれど、捜す当てもない。

「戻り損だったかな……千早が行きそうな所、あとは何処かなあ」

保健室にも行ってみるが、千早の姿はない。

……まあ、優雨が寄る可能性の高い場所なのだから、千早がこんなところで休んでいる筈《はず》はない。

「そういえば、あたし……千早のことなんて」

ここまで捜してみて、薫子は自分が千早のことをほとんど何も知らないということに気が付いた。

同じエルダーになったから、つい仲間意識を持ったりもする薫子ではあるのだけれど……そもそも千早は男であって、彼が自分から話してくれたこと以外、薫子は千早のことなんて何にも知らないのだ。

「……いや、何であたしがそんなことで落ち込まないといけないいんだよ」

ただそれでも、エルダーなどと云うとんでもない大役を、男であるにも関《かか》わらず、半分肩代わりしてくれているのだ……それは大変な気苦労に違いない。自業自得にせよ、だ。

「うう……ちょっとくらい気にしてやったって、罰《ばち》は当たらないよね⁉」

もうちょっとだけ捜してみよう……薫子はそう思うのだった。

「ふふっ……何だかお姉さまの意外な一面を見たって感じですわね」

「そうですわね。ですが、エルダーと云うのは大変な栄誉であると共に、とてもお疲れになるものなのかも知れませんわ」

そんな薫子の前で、気になる会話をしながら階段を下りてくる女生徒が二人。

「ね、貴女《あなた》たち」

「あっ、騎士《ナイト》の君……ではなくて、お姉さま！」

「私たちに何かご用でいらっしゃいますか？」

おっとと、慌てずに、お姉さまらしくしないと……そう思って薫子は意識を集中する。

「……今、千早さんの話をしていなかった？　何処に居るか知っているかしら」

「あ、はいっ！　ち、千早お姉さまでしたら、今し方お見掛け致しましたが」

薫子は、兎《と》にも角《かく》にも、聞いた場所に向かってみることにした……。


「うむむ……」

云えないということ。その下級生たちに教えられて来たものの……流石に薫子にはドアを開ける勇気がない。

彼女たちの話では、中に居るのは千早と……香織理だった。

薫子としては何が困るというわけではないのだが、香織理は千早が男だと解っている……つまり、例えば薫子に内緒で二人が恋愛関係であったりすることも、無いとは云えないということ。その場合、千早が薫子に嘘《うそ》をついてひとり教室に残ったことにも立派な理由付けが出来るのだけれど。

（あー、ここを開けたら馬に蹴《け》られて死んじゃう可能性もあるかも……って、いくら何でも、学校でわざわざそんな危ないこともしないよね？）

そんな風に考えるのは、甚《はなは》だ薫子らしくないのだけれど、何しろ相手は何を考えているか解らない千早と、やはり解らない香織理の二人なのだ。

疑うのは二人に悪いという気もしつつ、もしそんなことが実際に起きているなら、邪魔しても悪いような気がする薫子なのだった。

（あああ、どうしたらいいんだっ……もうっ！）

「……こ、こっそり……覗《のぞ》いてみようかな」

遠慮と好奇心が合議を行った結果、どうやらそういう方針に固まったようだ。

「…………」

覚悟を決めた薫子は、とうとうそっと音楽室の扉に手を掛けた……。

「…………!!」

隙間《すきま》から覗いたのは……驚きの光景だった。

香織理の膝を枕《まくら》にして、千早が熟睡している……二人は、やっぱり恋愛関係なのだろうか？

「これは、びっくりだわ……」

別にその様子はいやらしいとか、蜜月《みつげつ》であるとか、そういう感じには不思議と見えなかった。喩《たと》えるならそう、まるで映画のワンシーンのようだと……薫子はぼんやりと思った。

写真に撮ったなら、きっととても素敵な構図になるのは間違いない。

「……………うわー」

薫子には上手《うま》い喩えが見つからなかったが、それはとても羨《うらや》ましい光景のような気がした——自分には辿《たど》り着けない世界、という意味で。

恰好良《かっこうよ》いという言葉が一番当て嵌《は》まる、それはそんな情景だった。

「ん……誰《だれ》かしら？　そこに居るのは」

「ひっ⁉」

部屋の中から香織理に声を掛けられて、薫子は思わず奇怪な悲鳴を上げてしまう。

「……何その悲鳴。薫子ね？　隠れてないで入っていらっしゃいよ……あ、でも静かにね？」

「ご、ごめんなさい……」

悪戯《いたずら》を見つかった子供のような気分で、薫子は香織理の前に出頭する……。

(おかしい、何であたしが怒られてるんだろう……)

不貞腐《ふてくさ》れた顔で入って来た薫子に、香織理は思わず笑いを堪《こら》えていた。

「何を謝っているの……もしかして、勘違いでもしているのかしら」

「えっ、だって……えっ？」

香織理にそう云われて、薫子は再度思考が停止をする。

「千早は今、疲れて眠っているのよ」

「え、どういうことなの……？」

香織理は千早を起こさないようにくすくすと小さく笑うと、何故こうなったのかを最初から薫子に説明してくれた。

「そんなわけで、千早を脅して膝枕を提供してあげたの。どう？　まるで聖母のような優しさだと思わないかしら？」

「……いやいやいや、それ脅迫だし！」

まるで論理の権化《ロジカル・モンスター》とでも云うべき千早を、無理押しで好きに操れてしまうのだから、香織理というのはやはりすごい女《ひと》だ……そう薫子は感心した。

（……ほ、褒《ほ》めて良いのかよく判《わか》らないけど）

「でもね、このくらいしないと……きっと千早は無理をしてでも起きて私に付き合っていたでしょうから、これで良いのよ」

「香織理さん……」

「自分の弱いところを見せたくないのだと思うわ……特に薫子《あなた》や、頼ってくれる人たちの前ではね。そんな所は、こんな姿でも男の子なんだ……って、そう思うわね」

香織理は、自分の膝で熟睡している千早の寝顔を眺めながら、楽しそうに笑っている。

「……そっ、か」

（やっぱり千早は、朦朧とした中でも、そんな姿を優雨ちゃんには見せたくなかったんだ）

莫迦《ばか》だなあ、と思いながらも……そういうところは千早も男の子なんだな、と奇妙に感心する薫子だった。

「どうかした？　薫子」

「あ、ううん……何でもないよ。そうだよね……千早は、男の子なんだよね」

それを子どもっぽいと云ったら、きっと怒るだろう……それはだって、男の子だから。

「取り敢《あ》えず……千早が目を覚ます前に、あたし行くね」

「そう？　まあ、千早の為にはそれが良いのかも知れないわね」

「………うん」

だけど、そんな痩《や》せ我慢もちょっと恰好良いかも知れない……それは千早が男の子だから。

薫子は、千早の寝顔を眺めながら、そんなことを考えていた……。


「あ、帰ってたんだね。薫子ちゃん」

薫子が寮に戻って食堂に顔を出すと、初音がくつろいでいた。

「あれ、初音こそ珍しいじゃない。生徒会は？」

「うん。昨日お仕事が一段落したから、今日はお休みです……あ、薫子ちゃんもお茶飲みますか？」

「初音が飲むなら、ついでに淹《い》れて貰《もら》っちゃおうかな」

「はい。じゃ、ちょっと待っててくださいね……アイスが良いかな」

ぱたぱたと厨房《ちゅうぼう》に入っていく。そういえば、初音にお茶を淹れて貰うのは久し振りだ。

「はい、お待たせしました……そろそろ、アイスティーも少し作り貯《だ》めしないとね」

しばらくすると、グラスの中の氷をカラカラと鳴らしながら、初音が戻って来る。

「ありがと。もうすっかり夏だよね……確かにホットの紅茶ばっかりっていうのはちょっとキツくなってきたかな」

「ふふっ、そうだね……でも作り置きして冷蔵庫に入れちゃうと、紅茶って濁《にご》っちゃうんですよね」

「そうだっけ？　あたしは飲めれば何でも良いかなって、つい思っちゃうんだけど」

「あはっ、まあそうなんですけど……やっぱり、透き通ってる方が美味《おい》しそうに見えるじゃないですか」

「いやいや、そういうこだわりの無さが、あたしに欠けている女の子らしさなんでしょ」

薫子が苦笑しながらそんなことを云《い》うと、不意と初音の顔が少しだけ曇る。

「ううん……私って、そういうこだわりがいけないのかも知れないなって」

「え……きゅ、急に、どうしたの？」

一体どこから、いきなりそんな話になるのかと薫子が目を白黒させていると、初音はちょっぴり肩を竦《すく》めて困ったように笑った。

「私ね、薫子ちゃん……世の中にはきっと『決まってる形』とか『最も好ましい形』って云うのがあって、それが理想なんだって、勝手にそう思う癖があるみたいなの」

「えっと……それって、癖なの？」

そんなに長い説明をされると、それが「頭を掻《か》く」とか「貧乏揺すり」みたいな癖の話だとは思えなくなる。

「えーっと……ちょっと待ってね」

薫子は云われたことを、もう一度良く考えてみる……つまりそれは。

「……癖というか、初音の性格的な問題って話……なの？」

「あ、うん。性格の癖って云うのかな、こういうの……ついね、『これはこうなるのが一番良いんじゃないかな』とか、そんな風に考えちゃう」

「うーん……でも、それって普通じゃない？」

薫子が聞く限り、そこに何もおかしいことはない。少なくともそう聞こえる。

「例えば、8×3って云う問題があるとするじゃないですか」

「は、はちかけるさん……!?」

何故《なぜ》いきなり算数の話になるのか……薫子は混乱した。

「8×3＝24《ハチサンニジュウシ》って暗記している人も居るし、8＋8＋8で答を出す人も居るでしょう？」

「え、うん……まあ」

「私はね、そんな時『みんな小学校で暗記しているんだから、九九で答を出すべきだ』って、そんな風に考えちゃうタイプなんですよ」

「……うーん」

「その方が計算も速いし、楽な筈だからって。九九を暗唱出来るようになれば、それだけでその先の世界も拡《ひろ》がるんだからって……そう思っちゃうんです」

一生懸命、それの何処《どこ》がいけないのか考えるのだが、薫子には全く判らない。

「それは別に、間違ってないと思う。けど……」

聞いている限り、おかしいところはない。その筈だ。

「だけど薫子ちゃん……えっと、本当はそんなこと『どうでもいい』って思いませんか？」

「へっ⁉　……あ、うーん。そ、そう云われてみれば……」

薫子はそこで得心した。つまり自分はその質問そのものが「どうでもいい」と思っていたから、問題の疑問点も何も見付けられなかったのだということに。

「……そういうところ、私、ちょっと駄目みたいです」

初音が苦笑する。

「優雨ちゃんは身体が弱いから、護《まも》ってあげないと、お世話してあげないと……それは確かにそうなんです。でも、それって飽くまでも『常識的な意見』でしかなくて。そこに『優雨ちゃんの気持ち』はひと欠片《かけら》も汲《く》まれてはいないんですよね」

「なるほど……そう、なのかも知れないね」

薫子はその言葉に肯《うなず》いた。きっと、それは初音が優雨ちゃんと出逢《であ》ってから……ずっと、考え続けてきたことの結論なんだと、そう思ったから。

「常識的なことって、いつでも必ず正しいって云う意味じゃないんだって……千早ちゃんや、雅楽乃《うたの》ちゃん、優雨ちゃんにも。みんなに教えて貰って、やっとそれに気が付いたんです」

「……そっか」

――本当に、初音は努力家だ。薫子はそう思わずにはいられなかった。

普通なら「自分には解《わか》らない」とか「いつか解ると良い」くらいで片付けてしまう程度の問題だ。少なくとも薫子にとってはそうだ。それを理解しようと、ここまで考えてしまうのだから。

「勿論、気付けたって云うだけで……私にとって、それはどうすることも出来ない問題なんですけれど」

「初音……」

「だから……」

初音は、すっと決意のこもった眼《め》で、薫子を見る。

「だから……？」

「だから、やっぱり思い切って話してみます……優雨ちゃんと」

……にっこりと微笑《ほほえ》む、その初音の表情を。

ちょっと恰好良いな、なんて——柄にもなく、そんなことを思ってしまった薫子だった。

「んっ……」

……どれくらい、転《うた》た寝《ね》をしていたのだろうか。千早の意識はぼやけた視界と同様、まだはっきりと戻ってはいない。

「……あら、目が覚めた？」

「………香織理、さん」

まだ目の覚めない、焦点の合わない瞳でぼんやりと視界に入るものを眺めてまわる。

……いつの間にか、辺り一面が橙《オレンジ》色に変わっていた。

「もう少し寝ていても良いわよ？　いま小説が良いところなの」

「暗に……それは、起きるなと云っているのではありませんか……？」

千早はまだ頭が働かないまま……硬い椅子《いす》の上に横になっていた筈《はず》なのに、不思議と身体《からだ》の力が抜けて、とても良い気分だった。

「そうね。まあ、もう少しそのままで居たら？」

「ええ……そう、します」

愉快そうな香織理の返事に、千早はそのまま、もう一度目蓋を閉じる。

「ふふっ……寝惚《ねぼ》けている千早は、男の子の割には可愛《かわい》いわね」

くすりと、笑いを含んだ声でそうつぶやくと、香織理は読書を再開する。

千早は未《ま》だ、香織理の云っていることが正しく理解出来ずに、身体を起こすことが出来ないでいた。

――目蓋に懸かる、ぼんやりとした橙《オレンジ》色の光の膜。

頬《ほお》をうっすらと温める、西からの淡く朱《あか》い……そんな弱々しい陽射《ひざ》しが、ずっとこのままでいたいような、そんな気分にさせられる。

「……低血圧なのかしらね」

香織理は、読んでいる本から目を離す様子もなさそうに、そうつぶやいた。

(……低血圧? 誰が……?)

そうぼんやりと考えると、それが自分のことを指しているのでは……と千早は思い当たる。

「わっ!」

「きゃっ!」

千早はそこで我に返ると、慌てて起き上がった……!

「あいたっ! も……申し訳ありません、でした」

慌てて起き上がった所為《せい》で、千早は香織理の肘《ひじ》におデコをぶつけてしまった。

「いやだ、もう……寝てて良いって云ったでしょう? どうかしら、気分は」

愉快そうに微笑むと、香織理は千早の額をさすった。

「ええ……も、もう平気のようです」

身体の怠《だる》さもほぼ消えている……当然だ、もう陽が沈み掛けている。どうやら千早は随分と眠っていたようだ。

「二時間と少し……と云うところかしらね」

「すっかり夕方になってしまいましたね……」

千早は窓の外の変わり果てた色を眺めながら、失態を演じたと恥じ入っている。

「私はそれなりに楽しかったわ……この小説も、なかなか面白かったし」

頁《ページ》を目で追うのをやめると、香織理は文庫本をぱたりと閉じた。

「それに何より、千早が困るのが楽しくてね」

くすくすと、香織理が笑う。

「……そういう、ものですか?」

結局術策に乗って、香織理の膝《ひざ》で熟睡してしまった千早は、自分の不甲斐《ふがい》なさを嘆きつつ彼女を見る。

「完全や完璧《かんぺき》は人間にはあり得ない……必ず欠点がある。だから人は、そんな誰かの不完全さを見て安心するの。いつも完全無欠に振る舞っている千早が、私に陥落する所はとても楽しかったもの」

「あはは、返す言葉もありません……あ」

そう答えてから、ひとつだけ気が付いた。

「ですが、香織理さんも……」

千早に不完全なところを見せてくれていたのではないだろうか。

「あら、何か?」

……どう云えばいいのか、ひどく妖艶《ようえん》……と云うか、まるで悪戯《いたずら》っ子《こ》のような香織理の微笑み。

「いいえ、何でもありません」

香織理はきっと、独りでいることが苦手なのだろう。けれど、それを周囲には知られたくなくて。

「……もう。途中で話すのをやめられると、何だか気になるわね?」

「申し訳ありません——」

千早を無理矢理膝で眠らせたのは、そういうこと……でなければ、そんな悪戯をする必要は何処にも無い。

「…………」

無言で見つめ合う数秒……どう、ということはないのだけれど、何となく千早は目を逸《そ》らしたら負けのような気持ちになった。

「黙秘ね。ま、ご随意に……傍《そば》に人の寝息が聞こえているの、悪い気分では無かったから、許しておいてあげても良いけれど？」

そう云って、香織理は読み終わった文庫本を千早に差し出した。

「面白かったなら良かったです……私はまだ読み終わって居ませんから、内容は秘密にしておいて下さい」

「そう云われると、話したくなるのが人情というものよね……私は千早と違って、秘密主義ではないのよ？」

微笑しながら、手のひらを返すような自白の強要……千早では、彼女にはどうあっても太刀《たち》打《う》ち出来ないようだ。

「ええと、まあ……あまりそう虐《いじ》めないで下さい」

千早は香織理の追及を誤魔化す方法を探して、教壇の傍にあるピアノに手を伸ばす……鍵盤《けんばん》の蓋《ふた》には鍵《かぎ》が掛かっていなかった。

「この場所、お好きなのですか？」

「夕陽がね、とても綺麗《きれい》に見えるのよ……だから気に入っているの」

けれど、独りでいるのは嫌いで……それで僕をここに連れて来たのではないか。千早はそんな風に心の中で推論を立ててみる。

「浪漫主義者《ロマンチシスト》なんですね、香織理さんは」

「別にそういうわけではないわね……ただ、いつも人の居ない場所を捜す癖がついているというだけよ」

（……人の居ない場所、か）

香織理も顔には出さないけれど、学院での自分の立場をあまり楽しいと思ってはいないに違いない。

「部屋そのものに鍵が掛かっていないのですから、使う分には……きっと構いませんよね」

「えっ……」

千早は鍵盤に掛かっている蓋を開く。こんな綺麗な夕陽に似合う曲はなんだろうか？

――記憶を頼りに、指がその後を辿《たど》り始める。

「……流石《さすが》、完璧人間。やっぱり千早って何でも出来るのね」

流れ出すピアノのメロディに、少し意地の悪い微笑を浮かべる香織理。

「そういう云い方もあるかも知れませんが、正確には『何でもやらされた』……になるでしょうか」

それでも、千早もピアノは嫌いではなかった……無理矢理習わされたものの中では。

「そうなの……けれど、何かひとつでも身に付けられるのというのは、素晴らしいことではないかしら」

「………そうですね。済んでみて振り返れば、ですけれど」

ゆっくりと記憶の中の音階を辿っていく……指先に意識を集中していくと神経が研ぎ澄まされて、少し残っていた怠《だる》さからも解放されたような気分になる。

「これ……有名な曲よね。ショパンの夜想曲《ノクターン》、だったかしら」

「ええ、第二番です……まだ夜ではないですけれどね」

「……良い曲ね。社交界のご婦人方のように、私を籠絡《ろうらく》して見せてくれる？　ショパンさま」

「流石にそこまでは……身に付けた中で一番弾《ひ》きやすい曲というだけなんです。申し訳ありませんけれど」

「ふふっ『夜を想《おも》う曲』なんて、風流な名前を付けたものよね。どうしたら思い付くのかしら」

曲を聴きながら、香織理さんはくすくすと笑う――小悪魔的な微笑み。

「けれど、この曲なら夕陽にもきっと似合うわね。夜を招《よ》ぶ曲のようにも聞こえるもの……」

「そんな風に聞こえるなら、香織理さんも名付け親に負けないくらいの詩人だと思いますけれど」

「あら、ふふっ……それは恥ずかしいわね。自重しなくては」

香織理に掛かれば、冗談ですら優雅なものに見えてくる……きっと本人はそんなつもりはないのだろうけれど。

彼女には独特の「翳《かげ》り」のようなものがあって、きっとそれが……そんな風に思わせるのだろう。

「そういえば、すっかり訊《き》くのを忘れていましたが……今日はどうしてこの教室に？」

「……さっき云ったと思うけれど？」

香織理が放課後に居残ってる時……それは大抵、傍に下級生の女の子を連れていることが多い。香織理が、ただ「保護欲」の為《ため》だけに彼女たちと一緒に居るようには、千早には思えなかった。そう思いたくないと云う千早の欲目なのかもしれない。けれど、香織理の優しさは本当だと、そう千早には思えるのだ。

「少しお喋《しゃべ》りに付き合って貰《もら》おうかしら、って……そう云った筈《はず》だけれど？」

窓を開けると、風に乗って……香織理の身体から、彼女の梔子の香りが微《かす》かに漂ってくる。

「……そうでしたね」

香織理は目を閉じて、ぐっと伸びをする……そんな何気ない動作すらも、彼女に掛かると不思議と優雅だ。

背景《バック》にはもう紫色に染まり始めている夕空……千早には、このまま香織理の背中にカラスアゲハの羽でも生えて飛んで行ってしまいそうに感じられた。

きらめく漆黒の中にひっそりと浮かぶ、翠緑玉《エメラルド》の輝きをひっそりと宿す美しい翅《はね》の蝶《ちょう》。

(夕目暗《ゆうまぐれ》の妖精、とか？　僕も詩人とかには向いてないかな、冴《さ》えない喩《たと》えだ)

千早は、心の中で苦笑いする……香織理の美しさひとつまともに言葉に出来ない自分に。

「でも、千早のピアノを聴いていたら……なんだかお喋りなんて、どうでも良くなってきてしまったわ」

「それは、褒《ほ》めて頂いたと思って宜《よろ》しいのでしょうか」

「勿論《もちろん》よ」

柔らかく香織理が微笑《わら》う。そんな楽しそうな表情は、さっきまでの妖精よりもほんの少しだけ……幼く見えた。


もう部活動も終わる時間。千早は、暮れ泥《なず》む並木道をのんびりと香織理と歩いていた。

「今日は、待ちぼうけだったのですか?」

「ん、まあそんな所かしらね」

そう云《い》って、香織理は自分の携帯電話を取り出すと、液晶画面を千早に開いて見せた。

『ごめんなさいお姉さま、家から急な呼び出しを受けたので、今日は帰ります』

「……良いのですか? こんな親密そうなメッセージを私なんかに見せてしまって」

云ってみればこれは、恋人たちの蜜言……千早は見てはいけないものを見た気分になる。

「そういう心配をしてくれる千早だから、まあ見せても良いかと思って。それに貴方《あなた》は私にとっての唯一の共犯者だから」

香織理はそう云って、ちょっと困った表情で笑う。

「ま、私にもちょっと愚痴《ぐち》を聞いて欲しいなとか、そう思う時もあるということよ……今は飼い猫が家に帰ってくるのを待つ主人の心境、と云ったところかしら」

猫は気まぐれ、勝手気ままの代名詞。千早の頭ではそんな感じなのだけれど。

「複雑な気分のようですね」

「自業自得かしらと思って……猫に限ったことではないけれど、悪戯を教え込めば、今度は逆にその悪戯を誰《だれ》かに試したくなるのは心理としては至極当然なのではない？」

「そういうものでしょうか。猫を飼ったことはありませんから」

想像しても解らないことを、解った振りをして答えるのは良くない。大抵は、後で襤褸《ボロ》を出してしまうものだ。千早はそう訝《いぶか》しむ。

「ふふっ、千早はそういうところ、とても素直ね……もう少し背伸びをしても良さそうなものだけれど」

「背伸びをし続けて、そのまま背が伸びてくれるなら吝《やぶさ》かではありませんけれど、ね」

「……そういう論法は、背伸び以上に難易度が高いと思うけれど」

何故《なぜ》か千早は、いつも香織理との会話が裏のかき合いのようになってしまう。けれど、それも不思議と不快には感じなかった。

「あ、お姉さま！」

その時、不意に横合いから声を掛けられる。

「お姉さま、ご機嫌よう！」

「ちはや、かおり……」

「優雨……それに園芸部の皆さん。活動はもう終わりですか？」

「はい。いま解散した所です」

二人の元に、ぱたぱたと優雨が駆け寄ってくる。

「そう……今日は随分と暑かったのでしょうね」

「うん。ちょっとふらふらした」

「まあ、ちゃんと休憩を取ったのかしら」

「大丈夫、ぶちょうが休憩にしてくれたから」

「そう、良かったわ」

流石に、自分で優雨を預かると云ってくれただけのことはある。姿子《しなこ》の管理は行き届いているようだった。

「あ、では私たちはここで失礼させて頂きます」

「ええ。二人とも気を付けてお帰りなさい」

「はいっ、では失礼致します」

「はい、ご機嫌よう」

「ごきげんよう……」

園芸部の二人はちらりと香織理のことも横目で眺めて恥ずかしそうに頭を下げると、そのまま早足で校門の方へと歩いて行った。

「ふふっ、有名人も大変ね」

去っていく子たちを眺めながら、からかいがちに香織理が笑う。香織理自身に向けられた視線に対しては関心が無い、ということらしい。

「私も時折園芸部には参加していますから、あの子たちに取ってみれば、私もただの上級生の部員の一人に過ぎませんよ」

「ふーん、ご謙遜《けんそん》ご謙遜」

そう云って笑う香織理さんの横顔は、何故だか少し寂しそうにも思える。

「かおり、ごけんそんって何?」

「謙遜って云うのはね……自分はそんなにすごくないですって、遠慮することよ」

「そっか……それはけんそんだね。ちはやはすごいし、何でも出来るもの」

「ふふっ、そうよねえ」

「優雨……ありがとう」

千早は自身をそんなに万能ではないと思っているけれど、優雨にそう云われてしまうと、それを否定するのも難しい。

「ふふっ、優雨ちゃんの評価は素直に聞くのよね……千早は」

「まあ、優雨はあまり冗談とかは云いませんし……香織理さんと話している時のように、それが本気かどうかなんて考える必要もありませんからね」

「はいはい……それは申し訳なかったわね。さ、私たちも帰りましょうか」

「…………うん」

軽口を叩《たた》きながら、千早は、さっき香織理が刹那《せつな》に覗《のぞ》かせた寂しそうな横顔のことを、少しだけ考えていた……。


「あ、お帰り……って、珍しいね？　三人揃《そろ》って帰ってくるなんて」

「いま丁度、そこで逢《あ》ったのよ」

寮に戻ると、三人は玄関に居合わせた薫子に出迎えられた。

「そうなんだ。あ、優雨ちゃん、食堂で初音が呼んでるよ」

「はつねが？　わかった……」

特に斟酌《しんしゃく》する様子もなく、優雨は食堂へと歩いて行く。

「おっと、二人はここでストップね」

釣られて一緒に食堂に行こうとした千早と香織理は、薫子さんにウィンク付きで止められる。

「……薫子さん？」

「いや、初音がね……優雨ちゃんと二人で話がしたいって云うからさ」

「あら。それは意外ね……けれど、まああの子らしいかしらね」

「……そうですね」

きっと、彼女なりの結論が出たのだろう。

初音は、きっと一度どうするかを決めたら迷わないだろうから。

「ま、あたしたちは取り敢《あ》えず、千早の部屋でくつろぐことにでもしますかね」

「そうね、それが良いわね」

「なんで私の部屋なのですか……まあ、構いませんけれど」

「はいはい。じゃあそういうことで、お茶でも淹《い》れよっか」

きっと、ここが優雨と初音にとって、本当のスタートラインになる。

……薫子に後ろから肩を押されながら、千早はそんなことを考えていた。


「お待たせしました、お姉さま方」

「ありがとう。どうでしたか、階下《した》は？　史」

「いえ、まだ初音お姉さまがお茶を淹れていらっしゃる最中でしたので」

「そっか、ちょっと早過ぎたかな……」

何故か本当に千早の部屋に集まることになってしまい、陽向と史が階下にお茶を淹れに行き、ついでに、初音たちの様子も見て来てくれた。

「……まあ、そんなにいきなり何かが起こるという訳でもないですよね」

「そうね。で……結局、優雨ちゃんが初音に懐かなかった原因って、なんだったの？」

香織理がお茶を受け取りながら、首を傾《かし》げる。

「さあ、私も正確なところまでは……」

千早にもある程度は推測も立つのだが、やはり肝心な部分は明確には判《わか》らなかった。

「思うのですが、別段二人きりにする必要はないのでは……？」

「いえいえ史さま、他人《ひと》の眼《め》があると云えることも云えなくなる、という場合もあるものですよ……まあ、逆もまた然《しか》りではあるわけですが」

「陽向さん、それでは良いのか悪いのか判りませんが……」

「おおっと。まあアレです、いわゆるひとつの『時と場合による』！　これですよ！」

「……最初からそういえば良いのではないでしょうか」

「オウ、ジーザス！　こいつは一本取られましたネ」

「……陽向って、時折妙にオッサン臭い時があるわよね」

「あはン、香織理お姉さまのチェックはいつもながら厳しいですね……せめて懐古的って云ってくださいな」

「うーん……」

「どうかなさいましたか、薫子お姉さま」

「いや、香織理さんの所は姉妹揃ってボケツッコミも文化レベルが高いなって……」

「ええと、そこで感心するのもどうかと思いますが」

果たして、初音たちのことを真面目《まじめ》に心配しているのかどうか……そもそもが怪しい。そんな寮生たちだった。


「はい、どうぞ……今日は外、暑かったでしょう」

「……うん。ありがとう」

その頃《ころ》、階下でも初音が優雨にお茶を淹れていた。

「それでね……私、優雨ちゃんと少しお話がしたいなって、そう思って」

「……うん」

そこで少しの間だけ、静寂が訪れる。

しかし、二人とも、話し倦《あぐ》ねているわけではないようだった。

初音が優雨の顔を覗くと、優雨がほんの心持ち顔を朱《あか》らめる。

その様子を見て、初音も柔らかい笑顔を見せた。

「……私ね、ずっと『良いお姉さま』になろうって、そう思ってたの」

「えっ……」

やがて、ゆっくりと初音が話し始めた。

「でも、そう思っていたのは自分の為だったかなって……だって、こんな風に優雨ちゃんの顔をちゃあんと見たこと、一度もなかったんだもの」

苦笑いする初音だったけれど、その声は優しかった……言葉はなくとも、優雨にはそれが初音の謝罪の言葉なのだと云うことを理解することが出来た。

「こんなんじゃ、駄目だよね」

初音の睫毛《まつげ》の端に、小さく光るものが見えて……優雨は少なからず驚いてしまった。

「あ……の、ね、わたしはつねのこと、嫌いじゃない」

「……あ、ごめんね。私が泣いちゃったから、慰めてくれるんだ」

自分の涙腺《るいせん》が緩んだことに気が付いて、初音が謝罪の言葉を洩《も》らす。

「お、お姉さま……そんなこと」

「ごめんね、泣いちゃって……私、ずるいや」

自分の涙が、優雨から偽りの譲歩を引き出させてしまった……そう考えたのだろう、初音が謝罪の言葉を繰り返す。

「ちゃんと、お話するつもりだったのに、わたし……情け、ない……」

初音は泣き笑いの表情で涙を止めようとするけれど、そうすればする程に、彼女は不器用な涙を止めることが出来なかった。

「っ……う……」

初音も本意ではないのだろう、だが抗《あらが》えば抗うほどその涙は溢《あふ》れて、止まらなかった。

逆に云えば、それだけ優雨との気持ちの通じ合いが上手《うま》く行っていなかったことが、初音にとって大きな比重を占めていることの証明と云えるのかも知れない。

「……ちがうの」

優雨の小さな口から何か言葉が漏れるけれど、それは初音の嗚咽《おえつ》の前に掻《か》き消えてしまう。

「ちがうの……っ！　はつねは、全然悪くないの……っ‼」

「‼」

——初めて。

それは初音が初めて垣間見《かいまみ》る、優雨が見せる強い感情の発露だった。

「優雨、ちゃん……」

「はつねは……悪くないの。わ、わたし……」

まるで叱《しか》られた子供のように、頬《ほお》を染めた優雨は、上目遣いに初音を見詰めていた……けれどその表情は、初音には必死なものに思われた。

「どうしても、はつねと一緒にいると……お、お母さんを、思い出しちゃって、それで……」

優雨はその先を口にすることが出来ない。

「それで……」

そこに続く言葉を、恐らくは優雨自身が正しく理解出来ていないのだろう。どうしても、それ以上言葉が出てこなかった。

「………優雨ちゃんは」

優雨の精一杯の言葉に、初音は必死に涙と、喉《のど》の引き攣《つ》りを抑えながら言葉を紡ぐ。

「好き……でも、お母さんが……嫌いですか？」

「……そっか」

初音は思い出していた。千早と一緒に、人形を使って優雨と話をした時のことを。


『お母さんも、優雨のことを嫌いじゃないと……いいな………』


「嫌いなんかじゃない」

「え……っ」

「お母さんはきっと……優雨ちゃんのことを、すごく大切にしてると思うの」

思い返した優雨の言葉に、初音はそこでゆっくりと頭を振って……そして今、目の前にいる優雨にそう告げた。

「お母さんはきっと……きっと」

一瞬の逡巡《しゅんじゅん》、けれど初音はもう一度肯《うなず》くと、ゆっくりと言葉を紡ぐ。

「きっと、お母さんは……優雨ちゃんをとても大切にしていて、それで上手《じょうず》に話が出来ないんだと思うの」

「はつね……」

「人って、言葉にしないと伝えられないことって……すごく多いんだよ。でもみんな心の中では、言葉にしなくても解《わか》って欲しいって、いつもそう思ってる。ううん、そんな風に解ってくれる人がいるんだって、そう信じてるの」

初音は、優雨のことを真《ま》っ直《す》ぐに見詰めた。

「優雨ちゃんは、どう？　お母さんに『優雨のこと、好き？』って、訊《き》いたことがありますか？」

「……ううん、そんなこと、訊けない……だって」

「うん。そうだよね……訊けないよね。それはきっと、優雨ちゃんのお母さんも一緒なんだよ」

「えっ……お母さん、が？」

「きっとそう……とっても大切だから、何も云えなくなっちゃう。何も訊けなくなっちゃうんだと思う」

「…………」

優雨は、初音の言葉に心当たりがあるのだろう……そこに救いを求めるように見詰めている。

「何も話せないでいると……何を話して良いのかが解らなくなって、どんどん、どんどん不安になっていって。そしていつの間にか、相手にどう接したらいいのか……それを推し量ることも難しくなっていくの」

「はつね……」

「優雨ちゃんと上手にお話出来なくなってから、私はそれを身を以《もっ》て知ったんです」

……涙を拭《ぬぐ》いながら、初音は優雨に笑い掛けていた。

「だから優雨ちゃん、もっと一杯お話をしましょう？　私ね、優雨ちゃんの……『お姉ちゃん』になりたいの。我《わ》が儘《まま》かも知れないけど、私は優雨ちゃんに私のことを、好きになって欲しいし、甘えて欲しいの」

「………………」

初音の素直な言葉に、優雨は眼を丸くしたけれど……やがて、ゆっくりと初音を見詰めた。

「……良いの？」

「勿論《もちろん》……頼りがいのあるお姉ちゃんになれるかどうかは、ちょっと自信がないけれど」

云ってから、少し気恥ずかしくなったのか、初音は顔を朱く染めた。

「はつねは……わたしの、おねえちゃん」

一言ずつつぶやいて、それから優雨も……少しだけ顔を朱くした。

「……うん。これからは、好きなことを話して欲しいし、困ったことがあったら何でも訊いて欲しい……優雨ちゃんのことも教えてくれると、すごく嬉《うれ》しい。少しずつで良いの」

「はつねも……はつねのことを、お話してくれる？」

「……優雨ちゃんが聞きたいなら、勿論」

「…………うん」

いつの間にか、そっと……二人の間が優しい微笑《ほほえ》みで繋《つな》がれていた……。


「……心配するまでも無かったようですね」

「そうみたいだね」

……結局皆心配になってしまって、最終的には、食堂の外で聞き耳を立てる状態になってしまっていた。何だかんだと云って、彼らは家族のようなものなのだ。

どうやら初音は、無事に優雨と仲直り出来たようだ。

「ね、そろそろ入っても良いのではないかしら？　もう夕食の時間だわ」

「そうですね、お腹《なか》も空《す》きましたし」

「……もう、そこの人たちは風情《ふぜい》がないよね」

薫子が呆《あき》れると、香織理が腕を組んで笑う。

「残念ながら、愛情や慈《いつく》しみではお腹は満たされないの……そういうのは聖人さまとか仙人《せんにん》に任せることにしているの」

「まあお姉さま、それはとても哲学的なお言葉です……お腹が鳴っている時の云《い》い訳としては最高級ですね」

妹である陽向は、姉である香織理の哲学に突っ込みで返すのを忘れない。

「そうね。哲学にはツッコミではなくて、哲学で返して欲しいところだけれど」

「ふふっ。哲学と云うよりも、それは現実主義《リアリズム》と云うものだと思いますけれど……確かにもう良い時間ですしね」

千早は二人を驚かさないように、ゆっくりと食堂の扉を開く。

「……入っても構いませんか？」

「千早ちゃん……あ、もうこんな時間なんですね！　ごめんなさい」

「いやあ、あたしたちは別に良いんだけどね……もう香織理さんが腹減ったたって煩《うるさ》いからさー」

「否定はしないけれど、それを私独りの意見として伝えることには語弊《ごへい》があると思うわ」

薫子と香織理の漫才に、初音は思わず噴き出してしまう。

「あはっ……すみませんでした。じゃあ、晩ご飯にしましょう」

「ええ。きっと扉の向こうで、寮母さんが困っていらっしゃるでしょうし」

「えっ……ああっ！　す、すみませんでした……っ!!」

千早にからかわれると、初音は驚いて厨房《ちゅうぼう》に駆け込み、寮母に頭を下げた……どうやら、食堂で大事な話が始まってしまったのに気付いて、厨房から出るに出られなくなってしまっていたらしい。

「ご、ご迷惑をお掛けしました……えっ、あ、配膳《はいぜん》なら私たちが！　はいっ！」

「お手伝いいたします、初音お姉さま」

史が慌てて厨房へと入っていく。

「ふふっ……あら、優雨も嬉しそうな顔をしているわね」

「ちはや……うん」

千早は、その時久し振りに、優雨の飛び切り嬉しそうな顔を見たような気がした。

「わたし、ずっと……はつねに嫌われてるんだって思ってた。でも違ってた…わたしも、はつねも、両方ともそう思ってただけだって、わかったから」

「そう……では、これから頑張って仲良くならなくてはね。『お姉さま』と」

「はつね、お姉さま………うん！」

「お待たせしました、じゃあ晩ご飯にしましょう！」

優雨と初音——そんな二人の暖かい声が重なって。

寮はやっと、いつもの明るさを取り戻したように感じられたのだった……。


「……はあ」

夕食も済んで、千早は何となくテラスに出ていた。

「飼い猫が家に帰ってくるのを待つ主人の心境……ね」

千早は少し、香織理のことを考えていた……さっき話していたことに明確な意味があるとすれば、それは何だろうと。

例えば一番簡単なことは、香織理の相手である女生徒が、他の子に浮気をしている……という話になるのだけれど。

そこはあまりピンと来なかった。香織理が内緒で千早に見せたメールは、とても礼儀正しいものだったから。

「まあ、それは考えても仕方がない……かな」

香織理は女の子を相手に恋愛をしているけれど、それも本気ではない……以前、千早にそう云っていたことがある。

……男である千早には、もはや想像の埒外《らちがい》にある世界だ。

ただひとつ、千早が思ったことは……香織理はそれで寂しくはないのだろうか、と云うことだった。

「……ちはや?」

そんなことをつらつらと考えていると、後ろから声が掛かった。

「あら、優雨……何かご用かしら?」

「ちはや……あのね、わたし」

優雨はちょっぴり顔を朱くすると、顔を僅《わず》かに背《そむ》けた。

「………わたしね」

きっと、何か云いたいことがあるのだろう……そう思って、千早はそれが声になるのを、じっと待った。

「わたし……わたしも、頑張れる…かな」

「優雨……」

——多分それは、優雨が初めて自分の世界と向かい合った瞬間。

「……出来るわ、優雨」

「ちはや……」

「優雨がそう望むなら。そして、そう思い続ける限り。みんなもきっと応援してくれるわ……初音さんには、もう話したの？」

「…………うん」

「そう……素敵ね」

少しうつむき加減だったけれど、優雨は頬をほんのりと紅潮させて……ゆっくりと肯いた。

そんな勇気を見せてくれた優雨が、千早には——とても眩《まぶ》しかった。

「そっか……優雨ちゃんが」

「ええ」

就寝前のティータイム……久し振りに、二人とも穏やかな気持ちで迎えているようだ。

「まあ、頑張って恥ずかしい人形劇をやった甲斐《かい》があったってものじゃない、千早?」

「あの、薫子さん……そこばかりを強調するのはやめて頂けませんか」

軽口が出るのは、まあリラックスをしている証拠だ……それは悪いことではないだろう。

「……そう云えば、薫子さんの方は、どうなっているんです? その、聞いて良ければ、ですけれど」

「あ、うん……そうだね」

そこで薫子は小さく溜息《ためいき》をつく。どうやら、そちらの方は良い進展は見えていないようだ。

「どうも……そろそろ時間切れみたいでさ。いよいよって時には順一《じゅんいち》さんが電話をくれることになってるんだけど」

時間切れ……つまり、家族が抱えている負債を支えきれなくなってきている、ということだ。

「あたしは彼女がどうしようと、待つって決めてたんだけど……時間だけは待ってくれないんだよね」

「そうですか……」

結局、このままであれば何も云えずに春美《はるみ》がこの学校を去る可能性もある……ということだ。

「傷つきたくないと思う心こそが、本当は自分を傷つけている……か」

ふと、千早はいつかのケイリの言葉を思い出していた。

「なにそれ、千早?」

「以前にね、ケイリが僕にそう云ったんですよ」

ケイリの言葉と、春美の心情のことを……重ね合わせてみる。

(……そうかも知れないな)

傷つきたくないから、外に出て自分が知らないものと出逢《であ》うのを恐れるのだろう……たとえ今、自分の居る場所に辛《つら》いことが沢山あったとしても。

それでも、知っている場所ならば、それがどんな風に辛いことなのかは『判《わか》っている』……だから、何が起こるか『判らない』場所に飛び出すよりはきっと幾分かはマシな筈《はず》。

皆そう思う。そして、みんなその場所から動けなくなるのだろう。

「春美さんも……今はきっと、動けなくなってしまっているんでしょうね」

「そうだね……そうなんだと思う」

人間はいつも、不満と不安、その二つを秤《はかり》に掛けながら、軽い方を選び続けているんだ……だけど、いずれそのどちらかしか選べなくなる時も、人生には必ず訪れる。

「どちらにせよ……あたしは受け止めてあげるべきだって、そう思ってる」

「……はい」

薫子がそう決めたのなら、それに従おう……千早もそう決めている。

もし、そこで何か薫子に害が為《な》されるようなことがあれば、それを止めるのが僕の役目だと……千早はそう自分に課していた。


「では薫子さん、お休みなさい」

「お休みなさい、薫子お姉さま」

「うん、お休み千早、史ちゃん……」

お茶の時間も終わり、ひとりの部屋に戻る。

それだけのことでも、今は割と寂しいと……そう薫子は素直に思えるのだった。

「……昔のあたしからは考えられないよね、ホント」

小さい頃《ころ》は、学校でひとり、友だちもなく過ごし続けていたこともある薫子なのだ。

「でもそうだ……きっとあたしも、動けなくなっているひとり、なんだよね」

千早が運んできたケイリの言葉は、薫子にとっても痛いものだった。

いつか、逃げ道はなくなる……確かにそうだ、と薫子も思う。

「あ……」

そして、その時を知らせるかのように、薫子の携帯電話が震え始めた……。

Ⅵ. その、神の身ならぬ我等ゆえに《キリエ・エレイソン》

次の日は、不思議と穏やかな空気に満ちていた。

「……千早《ちはや》」

「なんでしょう？」

「三限の英語、課題見せてくれないかなあ……昨夜《ゆうべ》やるの忘れちゃって」

きっと薫子《かおるこ》も、春美《はるみ》のことを考えていて課題があることを忘れていたのだろう。

「駄目ですよ。ご自分でおやりにならないと身に付きませんからね」

「えー、そう云わないでさあ」

結局、私生活に何が待ち構えていようと……別に学校の課題が待ってくれると云うわけではない。そう思うと、千早も苦笑せざるを得なかった。実際、もう期末考査がすぐそこまで迫っているのだ。

「……甘やかしちゃ駄目よ、千早」

「そうそう。甘やかしちゃ駄目です」

そんな薫子の横に、いつの間にか後ろからやって来た香織理《かおり》と初音《はつね》が、笑いながら並ぶ。

「わっ……ふ、二人とも……」

「それでなくとも、千早ちゃんは薫子ちゃんに甘いんですから」

「そうですか？　そんなことはないと思いますけれど……ま、多数決です。諦《あきら》めて下さいね、薫子さん」

いつも通りの方が良い……そう思って、千早もまた笑う。

「えー、けちー。千早、あたしが困ってるのを知ってる癖に……情状酌量《じょうじょうしゃくりょう》！　ね？」

薫子が口を尖《とが》らせる。とは云っても、ここで手を緩めるわけには行かない。

「三限目なのですから、休み時間を使って終わらせれば良いのです。見て差し上げますから、どうかご自分でおやりになって下さい。情状酌量というなら、寧《むし》ろこうするべきでしょう？」

「ぐ、うぐぐ……」

「ふふっ……ほら、やっぱり甘いです」

笑い出す初音に、千早は首を振った。

「違いますよ初音さん。これは愛の鞭《むち》というものです……またの名を試験勉強前の保険とも云いますけれど。また試験直前に呼び付けられても困りますからね」

「そうよねえ、常日頃の積み重ねが大事だものね……ねえ、直前一夜漬け常連の薫子さん？」

「ほ、ほっといてよ……もう」

「ふふふっ……」

拗《す》ねる薫子に、千早たちは思わず笑い出していた……。


「ですからね、薫子さん。代名詞が指すものは、直前の文にあることが多いのです……良いですか？」

二時限目の終わった休み時間、薫子は千早に頼んで課題の解き方を教えてもらっていた。

「あー。もう、わかんなーい……」

千早も、特に気にすることもなく、いつものように振る舞っている。

「それにしても、全校垂涎《すいぜん》の的であるところの姫君に教えて貰《もら》っているって云《い》うのに、なんであんなに嫌そうなんでしょうね、薫子さんは」

「あら、決まってますよ岬《みさき》さん……千早さんに教わろうがなんだろうが、騎士《ナイト》の君は勉強そのものがお嫌なんですわ」

「そういうものですか……私なんて、姫君が教えて下さるというなら量子力学だろうが哲学だろうがやってみせますわ！　と思うのですが……」

「岬さん、どうせそんな授業あり得ないと高をくくっていらっしゃるから、割と好き勝手云っていますわね」

「勿論《もちろん》ですわ。だって私、薫子さんが羨《うらや》ましいだけですもの！」

そんな様子を見ながら、横で楽しそうに話をしているのはこよりと、その隣席に座っている藤川岬《ふじかわ》の二人だ。

「ちょっと、二人とも……これ次の時間までに終わらせるんだから、少し静かにしててよー」

「申し訳ありません騎士《ナイト》の君。何しろ私たち羨ましいものですから、ほほほ」

「そうですわ、気になさらないで下さいませー」

「ん、もー……」

薫子は何故《なぜ》か千早を睨《にら》み付ける。

「わ、私のせいですか？　それはちょっとひどいと思いますよ、薫子さん」

ある意味お門違いというか八つ当たりなのだけれど、実際男である以上、千早としてもこっそりとやましさがないわけではないのだ。

「そんなに嫌なら、別に手伝わなくて良いんじゃない？　千早さん」

「いえいえ茉清《まきよ》さん、それでは薫子さんが課題をやらない駄目なエルダーさんになってしまいますから、ここはやはり千早さんに頑張って貰わないと……」

「聖《きよら》さんたちまで……うう」

「まあまあ、薫子さん……さ、頑張りましょう？」

そんな級友たちとの遣《や》り取《と》りもいつも通り。それが千早にはひどく嬉《うれ》しいことに思えた。

昼休み。千早はひとりで屋上にやって来ていた。

薫子は、と云えば、昼休みが始まった途端にやって来たフェンシング部の部長に強制連行されて行ってしまったのだった。

「………いつも通り、か」

屋上《ここ》は考えごとや、女生徒に囲まれて過ごしたくない時、彼にとっては重宝する場所だ。

……聖應《せいおう》女学院では、屋上を利用する生徒はいない。設備も何も無いし、何より利用するようには推奨されていない。

それだけで、利用する生徒は皆無だ……それだけ聞き分けの良いお嬢さまが揃《そろ》っている、ということなのだろうけれど。

そんな風に従容《しょうよう》なだけでは、時間は決して報いてはくれない。

待っているだけでは、誰も手を差し伸べてくれないものだ……では、この場所に福音《ふくいん》はないのだろうか。ここは神に見守られた学舎《まなびや》なのではなかったのか?

「その過ぎ行く先は判らず。いずれ人の身に過ぎぬ我が身には……か」

人を待ってくれる時間というのは、あまりにも短い。千早にとっては、例えば千歳《ちとせ》と共に過ごすことの出来た時間の短さが正にそれだった。

——祈っても、それが天に届くとは限らない。

けれど、何らかの神の配剤があっても良いのではないか……春美のことを考えると、そう思わずにいられない千早だった。

「あ、あれ……本当に千早お姉さまがいる」

そんなことをつらつらと考えていると、誰も来ない筈の屋上にやってくる人影があった。

「あら、雪《ゆき》ちゃん……雅楽乃《うたの》に、ケイリ？　珍しい組み合わせね」

恐る恐る屋上のドアを開けた淡雪《あわゆき》は、千早がいるのを見付けると、そのまま千早の前までやって来た。

「どうしたのかしら、こんなところまでわざわざ」

「私がお姉さまをお捜ししていたのですが、ケイリさんがお姉さまは屋上にいると教えて下さったので」

雅楽乃にそう云われて、そもそもケイリは何処《どこ》でそれを知ったのだろう……と千早は思ったが、ケイリでは仕方がないか、という気もしてきてしまうのが不思議だった。

「そっかあ……屋上って入れるようになってたんだね。知らなかった」

「まあ、ここを利用するのは千早くらいのものですけれどね」

千早を捜しに来たにも関《かか》わらず、ケイリと淡雪は手すりに乗り出し、外の景色《けしき》を眺め始める。

「それで、雅楽乃の用だったわね、何かしら」

「あ、はい……その、不躾《ぶしつけ》とは思うのですが、宜《よろ》しければ夏休み中の華道部の練習に、指導役として数日ご参加頂けないかと思いまして」

「あら……私が？」

それはまた、奇抜な人選をする……そう思って雅楽乃を見ると、彼女は少し顔を朱《あか》くした。

「えっと、それは口実で……夏休みもお姉さまにお逢いしたいと、そう思いまして……あ、いえ！　勿論、お姉さまの華道の腕前を見込んでお願いしていることで、あの、雪ちゃんがそう云った方が千早お姉さまにはご理解して頂きやすいと……」

「あああ、ちょっとうたちゃん！　そこまでお姉さまに話したら逆効果だと思うよ……」

「えっ、あぁっ……も、申し訳ありません！」

……何と云うか、雅楽乃には珍しい光景だった。慌てぶりもそうだが、そんな粗忽《そこつ》なミスはそもそも雅楽乃らしくない。

「……雅楽乃は、千早が絡むと性格が変わるのですね。少し親近感が湧《わ》きます」

「ええっ……あの、そうなのでしょうか……」

ケイリに云われて、顔を真《ま》っ赤《か》にする雅楽乃……そんな様子に千早は苦笑する。

「なるほど、お話は解《わか》ったわ。それにしても、雪ちゃんの入れ知恵なんて、どういう風の吹き回しなのかしらね？」

淡雪としては、あまり雅楽乃を千早には近づけたくない……そう思っているのではなかっただろうか。

「えっ……いえ、まあ……その」

淡雪はちょっと顔を朱くすると、不意とそっぽを向く。

「淡雪は、困っている人を見ると放《ほう》っておけないのですね……素晴らしいことだと思います」

「……あー、まあ困ってるうたちゃんをほっとけないというか……千早お姉さまとの勝負の回数を増やしたいというか」

「なるほど、一石二鳥と云うことですね」

「み、妙に日本語に詳しいのね、ケイリさんって……」

つまり淡雪自身の為《ため》と判って、千早は苦笑した。

「日本の慣用表現には含蓄《がんちく》に富んだ表現が多いですから……私はとても好きですね」

流石《さすが》にケイリ…というか、通常の帰国子女とは一線を画している。

「そういえば、ケイリさんとは同じクラスだけど、あんまり話す機会が無かったね」

「そうですね。もっともそれは、私がいつもあまり教室に居着かないのが主な原因ですから……私の不徳の致すところであると思います」

「ふふっ、そういえばいつも休み時間になると直《す》ぐにいなくなっちゃうよね、ケイリさんって」

外見はどう見ても外国人である二人が、流暢《りゅうちょう》な日本語で会話している様子は、まるで吹き替えの洋画を観《み》ているような感覚がある……その点、千早も人のことは云えないだろうけれど。

「歩き回るのが好きなものですから、ついじっとしていられなくなるのです。ああ、淡雪」

「何かしら」

「宜しければ、私のことはケイリと呼んで下さい……外国人名は、さん付けにしてもしっくりとは来ないものです」

「え、ああ……じゃあ、そうさせてもらおうかな。私の名前も相当呼びにくいと思うけどね」

「私は、とても和風な響きで可愛《かわい》らしいと思いますが……では、ユキと呼ばせて頂いても？」

「勿論、構わないですよ」

それにしても、お嬢さま言葉も普通に優雅なケイリは、外国人とはとても思えない。

「こうして私たち四人を見ていると、とても国際色が豊かに見えるのですが……実際には、お二人とも日本人でいらっしゃるのよね？」

全員を眺めて、ケイリが質問する。

「私は、一応クォーターですが」

「あー……私は、何て云えば良いんでしょうね？」

触れられたくない話題だったのか、淡雪は表情を微《かす》かに曇らせる。

「もしかして、聞いてはいけないことでしたか？」

ケイリの顔が、少し申し訳なさそうなものになる。

「あ、ううん、そう云うんじゃなくて……どう答えれば良いんでしょうね？　判《わか》らないんですよね」

「判らない……?」

「突然変異って云うか……もしかしたら、何代も前のご先祖さまに外国人が居たのかも知れないって」

「遠い隔世遺伝ですか、それは珍しいですね」

数万分の一とか、数億分の一とか、それくらいの確率なのだろう。どんな数字だったとしても、恐らくはほぼゼロに近い現象であろうことは想像に難くない。

「……せめて、私もお姉さまみたいに、クォーターとかハーフだったら良かったのに」

「雪ちゃん……」

「あ、いえ……ごめんなさい、変なこと云っちゃって」

……何も云わなくても、千早には淡雪の気持ちが理解出来ていた。

きっと、小さい頃《ころ》から髪や目のことで色々云われてきたんだろう……それは千早も同じだった。

だが、千早にあって淡雪に無いもの……それは「云い訳」だ。

「どうして髪が金色なのか」、「どうして目が碧色《みどりいろ》なのか」……それを簡単に説明出来る理由が、淡雪には存在しない。

周囲にも……恐らくは自分自身にも、自分が何故その姿なのかを説明することが出来ない。

それは似た境遇の千早ですら、正しく理解してあげることの出来ない心情だった。

「自分が人とは違う」……そのことに対する、心の拠《よ》り所《どころ》を持たないと云うこと。それはきっと辛《つら》いことに違いない。

「……ユキ」

「いいの、気にしないで」

淡雪が困ったように笑うと、ケイリは何も云わずに首を振った。

「そうではありません。私たちはきっと、仲良くなれると思ったのです」

「ケイリ……」

「私はアジア人の父と、北ヨーロッパ人の母の血を引いて生まれました。そして育ちは英国《イギリス》と日本です。ですから、私もユキと同じように自分のことを上手《うま》く説明することが出来ません」

「えっ、そう……なんだ……」

「私には、故郷《ふるさと》も同胞もありませんが……それでも、こうしてここで存在しているのです」

ケイリはそう云って、柔らかい微笑《ほほえ》みを浮かべる。

「私たちは、自分の出生にはあまり恵まれていないかも知れないけれど、そのお陰で互いを尊重出来る友人同士にはなれる筈《はず》です……違いますか？」

「……受け皿を持たない者同士、ということですか、ケイリ」

「そうですよ、千早」

「そっか……うん、そうかも知れないね」

真っ直ぐに見詰めるケイリの眼差《まなざ》しに、淡雪はそっと肯《うなず》いた。

「でもね……うーん」

肯いた後で、雪ちゃんは下を向いて唸《うな》り声を上げる。

「どうかしましたか？　ユキ」

「………ケイリって、変」

「ええ、自覚はありますよ」

淡雪のそんな言葉を、ケイリは間髪入れずに首肯して受け容《い》れる。と云うか、そんなに自信を持って肯かなくても良いのではないか……千早は苦笑する。

「……お説教してるのか懐柔してるのか良くわかんないんだけど、取り敢《あ》えず、ケイリは私の友達になってくれようとしているのよね？」

呆《あき》れと愉快、半々混じり合ったような表情で、淡雪は微笑を浮かべた。

「ふふっ……それだけ理解して貰えれば、私は他に云うことはありませんね」

「でもそっか……私以外にも、こんな悩みを持っている人がいるんだってことだよね」

「ええ」

穏やかな笑みが三人の間で交わされる。

「……どうやら皆さんの友誼《ゆうぎ》の前には、私はお邪魔のようですね」

四人の中で独りだけ純和風である雅楽乃は、苦笑しつつ悲しい振りをしてみせる。

「わわ、うたちゃんっ！　……誰もそんな話はしてないってば！」

「そうですよ雅楽乃。人には、その人の生きている人生があるだけです……他人と自分の人生を較《くら》べるなどと云うのは、はっきり申し上げて無意味《ナンセンス》です。少なくとも私は、そう思っていますよ」

「なるほど……ケイリさんはしっかりとしたお考えをお持ちの方なのですね」

雅楽乃は、そんなケイリに優しく笑い掛ける。

「……無意味《ナンセンス》か。そう、なのかも知れないね」

淡雪は、ケイリの言葉に得心の行く部分があったのか、ちょっと控えめに肯いた。

「ふふっ……それで、夏休みの華道部の話ではなかったのかしら?」

「ああっ、そ、そうですお姉さま……あの、如何《いかが》でしょうか……！」

そんな風に慌て出す雅楽乃を見て、千早は思わず笑い出しそうになってしまった。

「あ、千早お帰り。随分遅かったじゃない」

教室に戻ると、薫子さんが先に戻ってきていた。

「ただいま戻りました……華道部の皆さんに捕まってしまいまして」

「……華道部かあ。あたしなんかよりよっぽどお嬢さまだよね、千早はさ」

「ええと、まあ……これも成り行きでしょうか」

千早は苦笑しつつ、少し元気になった薫子に安堵した。

「それで、桂花《けいか》さんは薫子さんになんのご用だったのですか?」

「用も何も……部の夏休み練習でコーチをやってくれって」

……いずこも考えることは同じ、ということのようだ。

「ふふっ、すっかり部員扱いですね、薫子さんは」

「まあ、たまにやらせて貰《もら》ってる身ですから、手伝いくらいはするけどさ」

そう云いながら、薫子も満更では無さそうに見える。

(……これなら、大丈夫かな)

そんな薫子を見て、少し安心する千早だった……。


「はぁ……」

選択授業の移動教室。集中して授業を聴ける気分でも無かったので、最後列の席に座ることにした。

(何だか、薫子さんよりも僕の方が気鬱《きうつ》になって来たような)

そう思って、千早は思わず苦笑する。

「あ、千早ちゃん。今日は早いね……隣に座っても良いですか?」

声を掛けられて振り返ると、一緒の授業を選択している初音の姿があった。

「ええ、勿論《もちろん》構いません……ですが一番後ろで宜しいのですか？」

「目も悪くないし、耳も遠くないから大丈夫です……あ、そういう意味じゃなかったですか？」

「ふふっ、初音さんに問題がなければ、そもそも何処に座るのも自由ですからね」

「あはっ、じゃあ遠慮なく」

そう云って隣の席に座ると、初音は楽しそうに机の上に教材を拡《ひろ》げる。

その様子をなんとなく見詰めていると、初音が気が付いてこっちを見た。

「……あのね、千早ちゃん」

「何でしょう？」

「その、ありがとうございました……私、まだ優雨《ゆう》ちゃんのことで、ちゃんとお礼を云っていなかったと思って」

「初音さん……」

突然の感謝の言葉に、千早は驚いた……実際、それは初音の手柄だと思っていたことだったからだ。

「それは初音さんご自身の努力の結果だと思いますけれど……でももし、私が僅《わず》かでもそのお手伝いを出来たというのなら、それはとても嬉《うれ》しいことだと思いますよ」

「そんな、だって私、千早ちゃんがいてくれなかったらきっと……」

千早は微笑んで人差し指を立てると、そっと初音の唇に当てて、その言葉を堰《せ》き止めた。

「私だけじゃありません……きっと、誰が欠けてもこんな風に上手くは行かなかった。そうでしょう？　初音さん」

「千早、ちゃん……」

初音はそう云《い》われて、眼《め》を瞬《しばたた》かせていたけれど……やがて笑顔になった。

「うん……そうだよね。ありがとうございます」

「……どういたしまして」

千早は、初音と見つめ合うと、そこでゆっくりと笑い合った……。


「……このように、統計資料の分析に於《お》いては数字を数字として推移を把握することは難しいわ。そこで、視覚化する手段としてグラフ化することがとても重要になってくるの。グラフ化することによって数値だけの状態から、大まかな特徴や傾向と云ったものが予想出来るし、変化を視覚化して感覚的に捉《とら》えることが出来るようになるという訳なの」

（変化や傾向を予測……か）

先生の講義を聴きながら、千早はぼんやりと考えごとをしていた。

相手が数字なら、それは確かにそれ程難しいことでも無いのだろうけど——人の心が相手となると。

「……せめて一言、か」

僕が千歳さんに、云い足りないことがあった……あの時の気持ちに、もしかして今の春美さんの心は近いものなのだろうか、千早はそんなことを思う。

「……千早ちゃん、どうかしましたか?」

「ああ、いえ……」

……思わず口から洩《も》らした声を聞かれて、千早は初音に覗《のぞ》き込まれる。

「少し考え事をしていたものですから……申し訳ありません」

「ううん。ごめんね、私の方こそ」

初音は、ちょっと苦笑いを浮かべて教壇の方へと向き直る。いつまでも悩んでいても仕方がない……そう思って、千早もそれに倣《なら》う。

(……人の感情ほど、理解しにくいものはない、か)

取り敢えず、勝負は放課後……と、千早はそう思うことにした。


「……帰りましょうか、薫子さん」

「ん、そうだね」

——結局、放課後になっても、春美は薫子の前に現れなかった。

学院に来ていることは、彼女と同じクラスの雅楽乃から聞いて判っている。

「私は一緒に居ない方が良いですね……でも、傍《そば》で待っていますから」

春美さんには、きっと千早の姿なんて見えていないだろうけれど……それでもこれから起こることを、千早に目の前で見られているのは薫子が辛いだろう。

「うん……頼んだ」

薫子の言葉に、千早は肯くとそこで足を止め、歩いて行く薫子の背中を見送った……。


「……ご機嫌よう、騎士《ナイト》の君」

気が付けば、薫子の目の前にはもう一人……運命に翻弄《ほんろう》された少女が立っていた。

「ご機嫌よう、このところ良く逢《あ》うわね」

「！　……そう、ですね」

薫子が初めて声を掛けると、彼女は少しだけ目を見開いて……そのまま何も無いように言葉を続ける。

「私のことなんて、覚えていらっしゃらないものとばかり……思っていました」

「……あなたは逢う度に、なんだか泣きそうな顔をしているから。覚えちゃったの」

「そうですか……申し訳、ありません」

「どうして……謝るの？」

「……どうして、でしょう」

春美の瞳《ひとみ》からは、大粒の涙がぼろぼろと溢《あふ》れ出す。

「あたしに、その資格があるかどうか判らないけど……嫌じゃなかったら、使って」

「う、うっ……」

差し出したハンカチに、彼女は拒絶することも、そして受け取るでもなく泣き続ける。

「……少し、歩こっか」

薫子はハンカチを彼女の頬《ほお》に当て、そっと彼女の涙を拭《ぬぐ》ってみる……それでも、彼女は拒《こば》んだりはしなかった。


「落ち着いた、かな」

春美は促《うなが》されるまま、薫子について中庭《テラス》までやって来る。

「……ありがとう、ございます」

それだけ云って、黙り込んでしまう。

いま彼女がなにを考えているのか……それを自分なりに考えてみようかとも思ったけれど、間違いなく正解を引けないと思って、薫子はそれを諦《あきら》めた。

「ご存知、だったんですね……私が学校からいなくなること。そうでなければ、いきなり目の前で泣き出す女に理由も聞かないなんて、そんなことあるわけ無いですし」

「うん……君原《きみはら》春美さん、だよね」

「はい」

「……あたしに、云いたいこと、ある？」

そんな言葉に、春美はしばらく薫子のことを見詰めていたけれど……やがてその口を開いた。

「解りません。すごく、憧《あこが》れていたんです……貴女《あなた》に。でも今は、解りません……」

……やはり春美は薫子の家のことを知っているのだろう。

けれど、それなら何故《なぜ》あたしの前で泣くのだろう。もっと怒っても良い筈、もっと喚いたって良いのに……薫子はそう思っていた。

「自分の気持ちが、解らなくなってるんだね……」

「私、貴女のこと憧れていて、でも……それが……こんなことになって」

「やっぱり、知ってるんだね……あたしの家のこと」

「知りたく、ありませんでした……」

春美はうつむくと、肩を震わせる。

「憎いって、そう思っている筈なのに。でも、私はまだ貴女への憧れを捨てられない……それを私は、自分で責めて」

春美の云っていることはバラバラだった。そんな少女の姿を見ているのは、薫子にとってもとても痛々しくて……胸が苦しいことだった。

「もう、こんな私は……嫌です。消えちゃいたい……いやだ……」

「……春美さん」

本当に、あたしが云えることじゃない……そうは思うものの、いま掛けられる言葉を、薫子はそれしか知らなかった。

「あたしが、こんなことを云う資格は無いかも知れないけど……頑張ってよ。春美さんが頑張れるなら、あたしを憎んでくれても良い。それで貴女が前に進めるなら、それで良いからさ」

「騎士《ナイト》の君……」

「あたしはそんな良いものじゃない……ただの金貸しの娘よ」

「っ……」

春美はそこで肩を引き攣《つ》らせると、また涙ぐんだ。

「そんな、こと……云わないで下さい」

「春美さん……」

「私を憎ませたいなら、もっとそれらしく振る舞って下さい……そんな綺麗《きれい》ごと、云わないで！」

肩を震わせながら、春美は言葉を絞り出す……彼女の気持ちを考えれば、確かにその通りだと薫子には思えた。

「……ごめん」

「謝らないで……私が、どんどん悪者みたいになっちゃうじゃ、ないですかぁ……」

「………」

薫子はもう、何も云うことが出来なくなってしまった。

……こんな時、あたしの「お姉さま」だったらなんて云っただろう。

千早だったら、何て答えるだろう？

香織理さんだったら、初音だったら。

あたしは、どうしてこんなに、何も知らないんだろう？

「ご、めん……ごめんね………」

知らず知らずのうちに、薫子の目からは涙が溢れ出して……声は言葉にならなくなっていた……。


「はぁ……」

薫子と約束した通り、千早は見えない場所から二人の様子を見守っていた。

春美の人となりが判《わか》らない以上、最悪の事態も想定に入れなければいけなかったからだ。けれど……。

（でも正直、こんな場面には出会《でくわ》したくはなかった）

春美は純粋な憧れと、心の中に生まれた憎しみの中で板挟みになっている。

薫子は、そんな春美に素直な心でぶつかっていく。

……二人とも、傷つかないわけがない。

理想的な解に近づくべくもない。

誤魔化すことも出来なければ、嘘《うそ》をつくことも出来ない……互いが互いに傷ついていくことを、するがまま、されるがままに受け止めていく。

「……辛《つら》いことだけど」

けれど、本当はそれが一番いいことなのかも知れない。

二人の方程式は、そもそも前提が間違っている……本当は二人とも被害者で、更に云うなら当事者ですらないのだから。

だけどこんな風に、認識というものは時折事実を飛び越えてしまうことがある……どうしようもなく、そうなってしまう。

——人は傷ついて、そして学んでいく。

だからそんな二人の心の触れ合いは、きっと無駄なんかではない筈《はず》だ。

千早は、そう思いながら二人の出逢いを見守っていた。

「つく……うっ、う…………」

息を殺して隠れていた千早の横を、春美が泣きながら桜並木へと歩いて行く。

……手には、薫子が渡したハンカチが握りしめられていた。

「……薫子さん」

「千早……」

春美が去ったことを確かめてから中庭《テラス》に向かうと、涙で顔をぐしゃぐしゃにした薫子がそこに座っていた。

「涙を拭《ふ》いて下さい……騎士《ナイト》の君ともあろう人が、みっともないですよ」

千早は、自分にかなう限りの優しい声で、薫子に話し掛ける。

「っく……そんなことっ……どうでも、いいっ……」

薫子は泣きじゃくりながら、膝《ひざ》の上でスカートを強く握りしめる。

薫子は、もしかして悔しいのではないか……千早にはそんな風に見えた。

「あたしはっ、あの子を、泣かせることしか……あの子の為《ため》に、悪役になってあげることも出来なかった……っ……！」

歯を食い縛って絞り出される、苦しそうな薫子の声。

だけど、それは仕方のないことだ。

「……悔しいと、思うかも知れませんが、私はこれで良かったと……そう思いますよ」

その千早の言葉に、薫子がキッと、千早を泣きながら睨《にら》み付けた。

「そんなことない！　そんなわけ……ないよ……！」

「薫子さん……落ち着いて下さい」

千早は、気が付くと……そっと薫子の肩を抱き締めていた。

「ちは……や……」

ゆっくりと、あやすように……千早は薫子を落ち着かせようとした。

「悔しかったんですよね、薫子さんは……彼女に、何もしてあげられなくて」

「ん………」

千早はゆっくりと、薫子の髪を撫《な》でた。

「……良いんですよ、どうか泣いて下さい」

「っ……う………」

ぎゅっと、薫子が千早の服をつかんで……肩に顔を押しつけると、やがてくぐもった泣き声がこぼれ始める。

「やっぱり、悔しいよ……」

「はい……」

「あんなに苦しそうな顔して、それでも耐えようとして……いっそ殴ってくれた方が良かったのに」

「薫子さん……」

いっそ責められた方がどれだけ良いか、そんな薫子さんの気持ちが、千早にも流れ込んでくる。

「っ……ぐすっ……」


薫子は泣き続ける。今は、彼女を好きなだけ泣かせてあげよう……千早はそう思った。

少しでも、薫子の気持ちが和《やわ》らいでくれるように。

少しでも、薫子の心の痛みが引いてくれるように……そう、願いながら。


「……千早」

「なんですか?」

……しばらくして、薫子はようやく落ち着きを取り戻したようだった。

「あの……も、もう大丈夫だから、は、放して」

「……はい」

気が付くと、寄り掛かってきた薫子を千早はしっかりと抱き締めていた……そっと放すと、薫子が遠慮がちに千早から離れた。

「……その、ごめん。あんなに泣いちゃって、あたし、その……ごめん」

「私がそうしろと云ったのですから、薫子さんが謝る必要なんてありません」

「そっか……そう、だよね。その、あ、ありがと……」

少しどぎまぎしている薫子に、千早は優しく微笑《ほほえ》み、手を差し出す。

「……帰りましょうか。頬が真《ま》っ赤《か》です、薫子さん……顔を洗ったほうが宜《よろ》しいですよ」

すっかり赤くなってしまった、泣き腫らした頬……その肌の痛みは、薫子の心を尚更《なおさら》に気重にしてしまうから。

「うん……そうだね」

薫子は、差し出された千早の手を取ると……ゆっくりと立ち上がった。


「ね、千早さ……さっき、云ってたよね『あれで良かったんだ』って」

「ええ、云いました。今でもそう思っています」

「どうしてって、聞いても……良い？」

二人はゆっくりと、陽《ひ》の傾き始めた桜並木を歩いて行く。

「……今は、二人ともとても辛い。それは解《わか》っているつもりです。けれどもし、あそこで春美さんが薫子さんを傷つけたら……絶対に、彼女はいつか後悔をすることになります」

「後悔……そうなのかな」

「春美さんは、本当は解っていたのです……薫子さんは悪くないということを。薫子さんには、本当は関係がないと云うことを」

「そ、そんなこと無いよ！　だってあたしは……」

「……薫子さん」

千早は首を振って、薫子の言葉を押し留《とど》める。

薫子の云いたいことは千早も解っている。けれど、その考え方も他の場所から見たら正しくないことだってある。

「それは、薫子さんにとっては真実ですけれど、事実ではないのです」

そうである以上、そのズレは誤解となって……いつでも、それが人を傷つける元になる。

「真……実？　事実って……」

「事実というのは『春美さんのご家族が、薫子さんのお父さまの会社から借りた資金を返済出来ず、事業を失敗させた』と云うことです」

「そうだよ。だから、あたしが……」

「良いですか、薫子さん。お怒《おこ》りになるかも知れませんが……事実に於《お》いては、薫子さんは第三者なのです」

「あたしは、第三者……？」

「ええ。薫子さんは、春美さんの家の問題にはなんの関係も無いのです……貴女はお父さまの会社の従業員ですらないのですから。これはね、薫子さん自身にとってではなく、春美さんにとって大切なことなのです」

「春美さんにとって、大切な……こと」

「春美さんが感情に任せて薫子さんに……無関係な人間に憤りをぶつけることは、してはいけない行為です」

「そう、かも知れないけど……」

勿論《もちろん》、それで片付けられないのが人間の感情と云《い》うものだ。それは千早だって解っている。

「もしそれをしてしまったら？　怒りに我を忘れ、精神が昂《たか》ぶっているうちはそれでも良いのです……でも、いつか冷静な自分に立ち返ったら、間違いなくその時は後悔することになりませんか」

千早はいつも、そんな後悔ばかりを繰り返してきたのだ……だから、春美が怒りに身を任せなかったことを、とても尊いことだと考えていた。

「…………」

「それで無くても薫子さん……貴女は春美さんにとっての憧れだったんです。そんな人を傷つけてしまって、彼女が平気でいられるわけがありません。そうでしょう？」

「……千早」

「だから、春美さんが耐えてくれて良かった……それはきっと、いつか彼女の強さに変わってくれるはずですから」

「そっか……」

薫子は足を止めると、少し考え込むように下を向いた。

「……そうかも、知れない」

そして、一言そうつぶやく。

「今はそれで気が済んだとしても、後でそれを悔やむこともあるんだよね……考えもしなかった」

「ですがそれが、薫子さんの優しさの形です……どちらが良いと云うことはありません」

──それが、薫子の実直さが良く表された優しさなのだから。

「正解はありません……ただ私たちは、春美さんに頑張って歩いて行って欲しいと、そう祈ることしか出来ませんから」

「……うん、そうだね」

ざあっと、初夏が運んでくる少し湿った緑の風が、並木道の木々たちを揺らしていく。

薫子はその音を聞きながら、ゆっくりと目を閉じる。

「家族仲良く、幸せになってくれると良いな……」

沢山の人と、人は擦《す》れ違って生きている……けれど、その総《すべ》ての人が同じように幸せになれるわけでは無い。

それぞれが自分なりに頑張るしか、自分の幸せを見つけることなんて出来ないのだから。

人が出来ることは……ただ、通り過ぎていく人たちの邪魔をしないことくらいしか無いのかも知れない。

「……千早ってさ、割とお節介だよね」

目を開いた薫子は、微笑みを浮かべると千早を覗《のぞ》き込んだ。

「えっ……ああ、まあ……そうかもしれませんね」

(……ここに来てから、確かに僕は少しおかしい)

千早は心の中で、そう苦笑する。

「昔からそうだったわけじゃありません……僕はもっと腹黒くて、いけ好かない人間です。ただ、それで失敗しましたから、二度とあんな思いはしたくないって……そう思っているだけですよ」

「そうかなあ……確かに、ちょっと意地悪だとは思うけどさ」

「そうでしょう?」

そんな言葉に、千早は肩を竦《すく》める。

「でもきっと違うんじゃない……だって、本当にそんな奴《やつ》なら、きっとあたしのことまで考えてなんてくれないって思うからね」

(……この人は、なんて)

薫子の言葉に、千早の表情は微《かす》かに困惑を見せてから……少し意地の悪いそれに変わる。

「……薫子さん?　気をつけないと、いつか誰《だれ》かに騙《だま》されるかも知れませんよ」

「なっ！」

「……少なくとも、こんな男女《オトコオンナ》を信用してはいけないと思いますね」

そう云って、千早は少しだけ悪そうな笑いを浮かべる。

「もう！　人がせっかくお礼を云おうって思ったのに……やっぱり千早は意地悪だよ」

そう云って薫子が脹《ふく》れる。まったく、本当に人が良いんだから……そう千早は苦笑する。

「……ありがとうございます、薫子さん」

だからその代わりに、思い切り可愛《かわい》い笑顔で、薫子に感謝の言葉を伝えた。

「っ……！　そ、そういう時だけ可愛い顔するの、反則だってばっ！」

「ふふっ……はい、申し訳ありません」

……きっと。

「……僕はきっと、そんな貴女だから助けたいって思ったんですよ。薫子さん」

――薫子に聞こえないくらい小さな声で、千早はそうつぶやいた。

「えっ……今、なにか云った？」

「いいえ、何も……私にも少しだけ、薫子さんのお人好《ひとよ》しが移ったのかも知れませんね」

「な、なによ、それ……もう」

からかいながら、千早は心の中で、薫子にそっと感謝をしていた……。

「おはようございます！」

「ご機嫌よう！　騎士《ナイト》の君、白銀《ぎん》の姫君！」

「ご機嫌よう」

「おはようございます、皆さん」

——結局。

春美は薫子に別れを告げたしばらく後、この学院を去った。

史や雅楽乃に聞いた話によると、家族と一緒に母方の実家に引っ越すことになって、そちらの学校に転校したと云うことだった。

「もう一学期も終わりか……早いものね」

「そうですね。ちょっと遅くなりましたが梅雨《つゆ》も明けましたし、夏本番ですね」

教室は明日からの夏期休暇を前に、級友たちの黄色い声で賑《にぎ》わっている——今日はもう一学期の終業式だった。

「それにしても驚いたよ。優雨ちゃんが自分から病院に行くって云い出した時はさ」

「……そうですね。初音さんもとても喜んでいましたからね」

あの後優雨が、以前から勧められていたと云う病院での治療に、自分から行くと云ったのだった。

優雨なりに、自分が「頑張る」方法を決めたのだろう……千早はそう考えている。

「あははっ……実のお姉ちゃんみたいな喜びようだったよね、初音も」

初音は優雨を連れて、養護教諭へ相談に行ったりしていたようだ。そういう細かい気配りはとても初音らしい。

「でもさ、夏休み一杯掛かるって云ってたよね……」

「ええ、ですが優雨にとっては、夏休みよりも皆さんと過ごす学院での毎日の方が大事だと……そういうことなのでしょう」

「ああ、そうか……優雨ちゃんにとってはそうなんだよね。つい自分尺度で考えちゃうけど」

「……薫子さん的には、夏休みはとても大切だ、と云うことですね」

「もっちろん！　あー、明日っから寝坊し放題、もう最っ高……」

「か、薫子さん……」

「……何、その可哀想《かわいそう》な人を見るような目付き」

まあ、毎日強制的に起床時間が設定されている寮暮らしではあるし……その心情は理解出来ないこともない。

しかし、女の子的には……いや、女の子じゃなかったとしても、そんなことをわざわざ宣言しなくてもいいのではないだろうか。

「いえ……まあ休暇ですから、ご自分のお好きなように生活なさるのが宜しいかとは思いますけれど」

心持ち冷ややかな視線で、千早は薫子を見ている。

「嘘《うそ》だ。それ絶対『この怠け者が』って云う眼《め》だよ！」

……そんなことを云われても、千早だって困ってしまう。

「……まあ、薫子さんは並みの怠け者《なまもの》とは桁《けた》が違いますから。そんなエルダーもなかなか居ませんしね」

「またこよりさんは、そうやって見て来たみたいな嘘を云う……」

「ふふっ、ですがそんな飾らない所も薫子さんの魅力だと思いますから」

「うわ、千早それ厭味《いやみ》でしょ、絶っ対厭味だから！」

「登校日とか、きちんと起きられますか？　あ、それとも少し早めに来て、起こしに行った方が良いでしょうか？」

「駄目ですよ聖さん、薫子さんをそんなに甘やかしては……」

「……どうしてあたし、そんな怠け者の烙印《らくいん》を押されてるかな」

「まあそれは、自分の胸に手を当てて考えてみれば良いんじゃないかしらね？　お寝坊さん」

「ぶー！　茉清さんの意地悪……」

「あはははっ……」

……そんな賑やかな皆の声を聞きながら、窓の外を見遣《みや》る。

並木道には力強くて青々とした若葉が、きらきらする陽射《ひざ》しを跳ね返しながら、緩やかな夏の風に揺れている。

——嬉《うれ》しいことも、ちょっと切なかったり、辛《つら》かったりすることも。

それでも、人は少しずつその中から生きることを学んでいく。

いつか良いことも、悪いことも。きっと全部自分の力に変わっていくのだろう。
外の世界には、眩しい陽射しが総てを明るく、くっきりと映し出していて。
——今年の夏も、きっと暑くなる。そんな予感を滲《にじ》ませていた。

あとがき

えっと、後書きです（笑）……そろそろ違う挨拶《あいさつ》考えた方が良いかな。

どうも、嵩夜あやです。さて、随分《ずいぶん》と長いことお待たせしてしまいましたが、やっと第二巻「窓越しの異邦人《エトランゼ》」をお届けさせて頂きます。

お読み頂けたら幸い……って、ここを読んでいらっしゃるのは、もう本を買って下さった方ということですよね。ありがとうございます。あ、でも本屋で後書きを立ち読みしている方がいらっしゃる可能性も捨てきれないでしょうか……でもそんなにはいらっしゃらない筈！

さてさて、原作ゲームの方はお陰さまで好評を頂きまして、コンシューマ機で発売させていただく機会を頂戴しました。そちらの移植作業の都合もあり、二巻の発売がこんな時期になってしまいました。お待ち頂いた方々には、心からお詫《わ》び申し上げます。

あ、小説を読んでいて原作をやっていない、一五歳以上のあなた！　コンシューマ版がアルケミスト様から発売中ですので、よろしければ遊んでみて下さいね！（と宣伝も入れつつ）

そんなわけで二巻目です！　今回も試行錯誤しつつ、小説らしく、また原作の展開を踏まえつつ、若干独自の方向に転がすべく頑張ってみましたが、お楽しみ頂けましたでしょうか？

ゲームでは千早《ちはや》がメインで進んでいましたが、こちらの小説では千早と薫子《かおるこ》を主軸として、ほぼ登場する全員が主人公……という感じで進行してきています。薫子側を取り上げる割合が増えたので、薫子の旧知の人物も登場してきましたね。こちらは旧作から読んでいる方は覚えている方もいらっしゃるかも知れません。そんなところも楽しんで頂ければ、と思います。

文庫本二巻の分量で、やっと夏休み前までやってきました。さて話は上手《うま》く繋がっているでしょうか？　初めてお読みになる方には勿論関わりの無いことではあるのですが、各エピソード、かなりアクロバット的に位置が移動しています（笑）

既にゲームをプレイしていらっしゃる方は、見たことのある展開が何だか違うところにあるぞ！　みたいな、変な楽しみ方が出来るのではないでしょうか。結構綺麗《きれい》にまとまっているのではないかと……そ、そうでもないかな。その辺、皆さんに納得して頂けるかどうか、結構ドキドキしています。

こうして再構築をしていますと、当時、私が一体何を考えながらこんな話を書いていたのか、などということを思い返してみたりなどしてしまって、ちょっと感慨深かったりもしました。

そうそう。今回は何か面白いものはないかなと思って、色々と制作当時のネタを漁《あさ》ってみたりしたのですが、ひとつ公開してみようかと思います。じゃじゃーん！

聖應女学院 3-C クラス 座席一覧表

教卓

前方出入口

相原《あいはら》恭子《きょうこ》	上坂《こうさか》愛子《あいこ》	沼《ぬま》 小百合《さゆり》	蒔田《まきた》 聖《きよら》
秋川《あきかわ》宏美《ひろみ》	迫《さこ》 湊《みなと》	根本《ねもと》律子《りつこ》	水元《みずもと》明日葉《あすは》
飯坂《いいざか》実恵《みつえ》	真行寺《しんぎょうじ》茉清《まきよ》	野島《のじま》加代《かよ》	村井《むらい》邦代《くによ》
海老沼《えびぬま》早知枝《さちえ》	須藤《すどう》朝乃《ともの》	長谷川《はせがわ》 悠《はるか》	望月《もちづき》 英《はな》
奥村《おくむら》知花《ともか》	芹沢《せりざわ》 操《みさお》	長谷見《はせみ》佳子《よしこ》	茂木《もぎ》優花《ゆうか》
柏葉《かしわば》慎樹《みつき》	園前《そのざき》 晃《あきら》	日野《ひの》美佐子《みさこ》	矢作《やはぎ》美由紀《みゆき》
菊川《きくかわ》志帆《しほ》	田野前《たのまえ》晶子《あきこ》	吹野《ふきの》さくら	山崎《やまざき》陽子《ようこ》
妃宮《きさきのみや》千早《ちはや》	千倉《ちくら》こより	藤川《ふじかわ》 岬《みさき》	由比《ゆい》静子《ちかこ》
国見《くにみ》彩子《さいこ》	七々原《ななはら》薫子《かおるこ》	藤城《ふじしろ》真理《まり》	米沢《よねざわ》精華《すみか》
見城《けんじょう》沙也香《さやか》	韮川《にらがわ》水紀《みずき》	保科《ほしな》美貴《みき》	陸井《りくい》志乃《ゆきの》

どうでしょう。これが千早たちが在籍している、聖應《せいおう》女学院3—Cクラスの座席表です。

……何と云うか、クラス全員の位置と名前を決めておくなんてマメだなあと、過去の自分を振り返ってみて感心することしきりなのですが、実はこの座席表にはとんでもないミスがあるのです。

気が付きましたか？　このクラスは全部で四〇人構成なのですが……良く見ると座席が四列×一〇席で構成されているのです！　こんな長い教室があるかーい！（セルフ突っ込みちゃぶ台返し）どう考えても五列×八席とかで構成するものですよね、普通……。

まあしかしです。なってしまったものは仕方がない。聖應女学院の教室は、四列×一〇席で構成されています！　そう決まっているのです！　これぞ御都合主義！（多分違います。いや、明らかに違います）

ま、そういった微笑《ほほえ》ましい（？）部分も含め、この位置関係を見ながら本編をお読み頂くと、色々と想像がふくらんで楽しいかも知れません。千早、薫子以外のクラスメイトたちも、何名かは登場していますし。他はどんな女の子たちなのか、皆さんも想像してみて下さいね（笑）

さて、お話はなんとまだ続きます。次回は一体誰《だれ》のお話になるでしょうか……気に入って頂けましたなら、もう少しお付き合いいただければ幸いです。それではまた！

二〇一一年六月十六日　嵩夜あや

ファンレター、作品の感想を
お待ちしています

〈あて先〉

〒106－0032
東京都港区六本木2－4－5
ソフトバンク クリエイティブ（株）
GA文庫編集部 気付

「嵩夜あや先生」係
「のり太先生」係

http://ga.sbcr.jp/

乙女《おとめ》はお姉《ボ》さま《ク》に恋してる2
～窓越《まどご》しの異邦人《エトランゼ》～

発　行	2011年7月31日　初版第一刷発行
著　者	嵩夜あや
発行人	新田光敏

発行所　ソフトバンク クリエイティブ株式会社
〒106－0032
東京都港区六本木2－4－5
電話　03－5549－1201
03－5549－1167(編集)

装　丁　株式会社ケイズ(大橋 勉／彦坂暢章)

印刷・製本　中央精版印刷株式会社

ISBN978-4-7973-6406-4
Printed in Japan　　GA文庫